每 一 本 书，都 有 它 的 灵 魂

总 有 相 似 的 灵 魂，正 在 书 中 相 遇

花糖纸

饶雪漫 —— 著

北京时代华文书局

图书在版编目（CIP）数据

花糖纸 / 饶雪漫著. — 北京 : 北京时代华文书局,2022.5
ISBN 978-7-5699-4597-3

Ⅰ. ①花… Ⅱ. ①饶… Ⅲ. ①短篇小说－小说集－中国－
当代②中篇小说－小说集－中国－当代 Ⅳ. ①I247.7

中国版本图书馆CIP数据核字(2022)第055330号

花 糖 纸
Huatangzhi

著　者｜饶雪漫

出 版 人｜陈　涛
选题策划｜页行文化
责任编辑｜邢秋玥
责任校对｜初海龙
特约监制｜段年落
特约编辑｜李小含
责任印制｜刘　银
插画绘制｜杨春梅
装帧设计｜创研设

出版发行｜北京时代华文书局　http://www.bjsdsj.com.cn
　　　　　北京市东城区安定门外大街 138 号皇城国际大厦 A 座 8 层
　　　　　邮编：100011　电话：010-64263661　　64261528
印　　刷｜北京兰星球彩色印刷有限公司　　010-58411596
　　　　　（如发现印装质量问题，请与印刷厂联系调换）
开　　本｜880mm×1230mm　1/32　印　张｜7.25　字　数｜120千字
版　　次｜2022 年 6 月第 1 版　　印　次｜2022 年 6 月第 1 次印刷
书　　号｜ISBN 978-7-5699-4597-3
定　　价｜42.00 元

COLORFUL · DAYS

目 录

Contents

代序

见字如面

秦猫猫

　　十三岁还是十四岁的时候，我开始急不可待地做许多的事情。开始有乱七八糟的思想，开始不听话；听从来不听的流行歌曲，听一首忘掉一首从不惋惜；看很多的青春小说，看一本丢一本不再记得。我似乎在等待什么，又似乎不甘于等待，后来我明白了，我等的，是一个叫作青春的东西。

　　在这样的等待里，我记住了两个人，一个刘若英，一个饶雪漫。

　　我始终觉得，是她们拨开我前面的荆棘，给我指出一条明亮的路。那条路，迂回却坦荡，那条路，闪烁喜悦的光芒，就在眼前，就在脚下，无时无刻不在催我出发。

　　于是我出发了，从此没有停下。

　　在青春的路上，穿越了伤悲疼痛，终于站在了这里，我的十八岁。

回首路的最初，依稀见到她们的笑容。

是她们，还是她。

有时候，我觉得她们似乎是一个人。每当听到音乐响起，每当翻开一本新的小说，仿佛都能体会到同一种妥帖与安心。这种妥帖是一只大手，时而安抚在我心上，时而扶住我背，宛若那年管沙与居然一起过马路时，他伸出的那只手。有了它，我不再害怕前方的危难；有了它，我变得勇敢异常。

真正地学会聆听，是因为一首《人之初》；真正地读小说，是因为饶雪漫。

人之初，爱之深。

《可以跳舞的鱼》，是黄颜色的封面，旧旧的，充满伤痕感的黄颜色。在封面的勒口处，我第一次看到她的照片：短发，抱着臂，笑得神采飞扬。身后是有着一个一个小格子的书橱。每一个格子里，都摆满了书。

几年以后，我去她的家，看着她忙碌着把搬家时放进纸箱里的那些书一本一本拿出来放在新书橱的格子里，有了一种恍然的感觉。

不记得看了那张照片几次，几乎是每看过一个精彩的小节，都要翻回前面再看那张照片。那是一种"原来如此"的美妙，就像独自一个人在阴凉的地方，眯着眼舔掉一支冰激凌，心里凉透了，美极了。

见字如面，从那时开始。

几年以后，我们第一次相见的时候，她穿着红色的衣裙，涂着橙色的唇彩，在镇江炎热的大太阳里眉眼飞舞地指着我，歪着脑袋说："你是深海鱼？啊！秦猫猫！"

那一次，我羞涩地微笑，从我的眼镜后面，偷偷地，不好意思地看她，心里的石头，却终于落地。

是的是的，这就是她。

我想，我会永远记得那明媚的橙色唇彩，那一抹一瞬间绽开的微笑，它们终于让我相信，那个在小说里总是不吝惜使用感叹号的坏姐，有着怎样的面对生活的蓬勃生机与勇气。

她感染了我。

文字和影像交叠，文如其人不如说成见字如面。

往后的日子里，看着她的小说，即使是《小妖的金色城堡》那样激烈而浓妆的文字，还是要忍不住微笑的。

这是溺爱的微笑，亲爱的，你明白吗？

我看到那个你，脸上写着七七的决绝，优诺的温暖和暴暴蓝的隐忍。这是你独自上演的一出寂寞的戏，你一个人在舞台上忙碌而欢乐。我看着你的倔强与沉醉，与你一起沉浸，并且不知不觉流下泪来。

十六岁的时候认识她，那是二〇〇一年，我们每日在聊天室嬉笑打闹。炎热的夏天，我的字越打越快。"偶像"这个词在我的心中越来越模糊。很多人问我：饶雪漫是你的偶像吗？而我始终支吾不语，或者干脆回答："不是。"

从来没有把她当作偶像。时常对别人说起，对女人只有喜欢、不喜欢还有忽略这三种情感。我不擅于妒忌，无意痛恨，更不理解所谓狂热崇拜。

崇拜，是对一个人的不尊重。我始终这样固执地认为。所以饶雪漫是姐姐，是朋友，不是偶像。我喜欢她，她也这样喜欢着我。人类最高级的感情，我想是相依为命吧。我们没有到那一步，可是更胜于它，因为我们相惜。

彼时，我给她发了一条短信，说：我要过生日啦。我要满十八岁啦。

她很快回我：说吧，要什么生日礼物？

我终究没有说话。一个人歪着身子，在下午的数学课上大脑思绪飞扬，十万八千里回不来。

其实只是想告诉她，我长大了。

七年相伴，四年相识。我也要像那些小姑娘一样矫情一回：亲爱的雪漫，难道你没有发现，我长大了？

这些年，是上天给我的恩赐，给年轻的我以绽放的勇气，我在长大，而且我不孤单。礼物，是出于心的恩赐。亲爱的雪漫，你的礼物早在我十三岁那年就为我种下，如今枝头已经开满鲜花。它们如我，充满力量，满怀希望。

你可以对我微笑了吧？让我再看看你明亮如灯火的笑容，那一抹明媚橙色。

COLORFUL DAYS

花 糖 纸

COLORFUL DAYS

The Youth Growth Series

001

青春如酒，成长正酣。

如果

你是一个喜欢怀旧的人，

那么，你一定要认识——

像我这样的女生。

——章小引

Chapter One

带毛边的作业本纸，西瓜太郎的钥匙扣，一粒形状像星星的小石头，幼儿园老师奖励的小红花，夹在旧日记里的一张张花花绿绿的糖纸……我半跪在抽屉前，将这些宝贝来来回回地又清理了一遍。

身后传来妈妈的叹息："小引，你就像一个九十岁的老太太。"

我头也不回地顶嘴："那你岂不是早已成千年老妖？"

如预料中一样，我的后脑勺被妈妈打了，不过打得并不重。她总是这样下不了狠心来对我，所以我才敢常常这样和她没大没小。然后她在我床边坐下来，用一种欣喜的口气说道："小引明天要上高中啦。"

"是啊。"我微笑着说。

"要好好念书啊。"

"是啊。"

"不可以谈恋爱！"

我偷偷地笑，我知道，这才是妈妈今晚到我房间里来最想说的话。

隔壁的毛丫姐是大学生，暑假的时候，有一次她忘了带钥匙，就到我家来跟我妈聊天。她对现在的高中生好像了解得不得了的样子，"流产""私奔"等等吓人的词语稀里哗啦地从她的嘴里蹦出来，我都不好意思听，妈妈则用手紧紧地握住沙发的一个角，好像在看恐怖片一样。

不过，毛丫姐还不算太没有良心，走的时候安慰我妈妈："阿姨，你应该高兴啊，现在像小引这样的乖乖女真的是不多了，完全不用操心的。"

我站起身来，搂住妈妈的肩膀说："安啦，不要瞎操心。"

"安啦是什么？"妈妈问我。

我哭笑不得地说："就是'安心啦'的意思。"

"好好说话要死人啊。"她嗔怪地看我一眼，吩咐我早睡，然后出了我的房间。

房门关上的那一刻，我倒在床上。手心摊开，是一枚叠得很笨拙的幸运星，在我的手心里面捏久了，带了些微的潮气，看上去也不再那么晶莹透明。

我想起初中毕业的第一个星期天，班主任带着我们到养老院去做义工，我很耐心地教大 D 叠幸运星。他忽然说："章小引，你的手指真好看，你为什么不去学弹钢琴？"

我的脸腾地就红了，想到刚刚居然有一个男生这样认真地盯着我的手指看，我有一种坐也坐不住的心慌。

大 D 和我同桌三年，他姓丁，可我们都叫他大 D。在过去的三年里，我们总是斗嘴斗个不歇，他好像从来没有用这种温柔而缓和的语气和我说过话，真是让人不习惯呢。

正胡思乱想，大D将他手里的幸运星递给我说："看看，是不是这样叠的？"

我一瞄，叠得真是丑，便哈哈地笑起来，然后将它抢过来一把甩得老远。

大D一声尖叫："老天爷啊，那可是我的处女叠！"

这下所有的人都笑了起来，有个老奶奶笑起来，嘴里一颗牙也没有，可是看上去还是那么阳光灿烂。

大D凑到我耳边说："章小引，你说那个老奶奶吃肯德基的辣鸡翅会是什么样？"

"去死！"我推他老远。

就是这样的一颗幸运星，大D一定想不到，我趁着所有人不注意又将它悄悄地拾回来放在了我的口袋里。

那天出了养老院时间还早，男生们相约着去游泳，我被几个女生拉着去伊萌家看《蓝色生死恋》。

快到公交车站的时候，我远远地回头，看到大D。他有些孤单地站在那里，好像很努力地笑了笑，然后又不露痕迹地朝我挥了挥手。我的心里泛起一阵浅浅的伤感，像阴天里的一摊清亮的雨水，好久都蒸发不掉。

因为我和大D考到了两所学校念高中，我以后肯定很难见到他了，也就是说，再也没有一个男生会和我天天吵来吵去的了。

不过大D说有，他在我的留言本中写道："祝你在高中找个崔永元一样的新同桌，将你喜欢的吵架事业进行到底！"

在大D的心目里，崔永元仿佛是天下最能吵嘴的人。他主持的每一期《实话实说》大D都看，还把姓崔的说的他认为最精辟的语言抄在本子上，时时用来对付我。

后来《实话实说》换了主持人，他整天就像丢了魂似的，还打电话到中央电视台去问崔永元家里的电话。人家当然不会告诉他，他自尊心受到严重伤害，骂骂咧咧地对我说："从此不看《实话实说》！"大D一边说一边还用力敲打着桌面，看样子真是气得不轻。

不过在我看来，这正是大D的可爱之处，相比于班上那些装模作样的男生，我倒宁愿和大D做朋友。

是的，朋友。

除了他说"章小引，你的手指真好看"的时候让我有一点点想入非非之外，总的来说，大D给我的感觉是安全平和的。

开学之前，大D还给我来过电话，其实我们在电话里也就是瞎扯。空间的距离让我们或多或少有些疏离，电话里的我们都不如面对面时那么的伶牙俐齿，到了最后竟有些要命的冷场，可是谁也不愿意先挂掉电话。

我没话找话地对他说，我到了新班级知道了通信地址就给他写信，他愣头愣脑地说："还写什么信啊，发封 E-mail（电子邮件）多省事！"

"那你就发吧。"我没好气地说。

"不过还是手写的信更有诚意。"他还算识相，反应很快，让我的不开心打了个转儿就飞得无影无踪。

"好吧。"我笑着说，"再见。"

他也跟我说再见。过了很久，那边才传来"嗒"的一声。

最终还是他先挂了电话。

我背着爸爸在韩国替我买的新书包进了新学校的大门。这些年爸爸动不动就往韩国跑，让我不知不觉地成为校园里的"哈韩先锋"。

新学校果然是"人才济济"，眼光雪亮和跟得上潮流的看来是大有人在。我们守在教室外等着排座次和分发新教材的时候就有男生晃到我面前来说："喂，你挺像个韩国小妞的哦。"

我瞟了他一眼不吭声。

他上上下下地打量我说："你是从哪个学校升上来的？"

"这很重要吗？"我说。

"你认为呢？"他流里流气地看着我。

我心里升出一种说不出的厌恶："我认为你很无聊！"说完，我背着书包走开了。

谁知道冤家路窄，进了教室才发现我偏偏和他同桌。他把书包"咚"一声扔进课桌里："嘿，我叫余俊杰，我们挺有缘分！"

余俊杰？天下还有比这更老土的名字吗？

我轻轻地"嗯"了一声算是应他。他不满意了，歪着头对我说："同学，你酷到可以交税。"

我头也不抬地说："你无聊到可以坐牢。"

前排的女生哈哈地笑起来，她转过头，我看到她一双美丽的大眼睛以及左眼角下一颗很淡很淡的泪痣。然后我听到她对我的同桌说："鱼头，这下遇到对手了吧？"

我看了一眼我的新同桌，他果然有一颗硕大的头，看上去很机灵，笑起来一脸坏相，反正我不喜欢这样的男生。

女生把脖子扭过来，朝我打招呼说："嗨，我叫花蕾，花蕾的花，花蕾的蕾。"

"你好。"我说，"我叫章小引。"

"你不是本校的吧，以前我好像没见过你。"

"花蕾的意思是，"余俊杰插嘴了，"你在这里很容易被欺负。"

"别理他！"花蕾笑着说，"他一直都那么变态的。"

看来，他们以前就是同学。这个班里好像很多同学都很熟络，他们见了谁都张嘴笑笑，或者亲热地打打招呼。只有我显得寂寞，因为我们班上考进这所学校的人本来就不多，而且都没和我分在一个班。所以，对我来说，一切都得重新开始。

我不喜欢新班级，想念初中班上那种温和友好的气氛，想极了。我在给大 D 的信中就是以这样的一句话做了开头。

信在课间写，中午的时候寄掉了。贴邮票就差不多贴了五分钟，弄得我一手的糨糊。早就知道贴邮票是有说法的，正的倒的歪的，各有各的意思。我弄了很久，还是把它贴得规规矩矩地寄了出去。寄了才想其实大 D 根本就不是那种心细如发的男生，完全没有必要这样小心翼翼、庸人自扰。

从邮局回到教室，离上课时间还早，教室里人并不多。我走到自己的座位，惊异地发现课桌上竟被涂满了颜料，垂着的书包带也被染上了各种丑陋的色彩。

颜料还没有干，一滴一滴缓慢而沉重地滴到地面上。

所有人都看着我。

我把书包抢救出来，默默地端来一盆水开始清洗桌面。我一边用力地擦，一边命令自己不许哭、不许哭。章小引，你要是敢哭，我恨你一辈子。

余俊杰一扭一扭地晃了过来，用一种无限同情的口气说："开学第一天呢，大家都是新朋友，要不我来替你擦吧？"

有人哈哈地大笑起来。就在那样的哄笑声里，我端起手里的一盆脏水，以迅雷不及掩耳之势猛泼到了余俊杰的身上。

"哇，酷女 No.1（第一）！"有男生大叫并击掌。

我目光凶悍地盯着余俊杰，盯得他一句话也说不出来，良久，才从牙缝里挤出一句："你他妈疯了怎的？"

"你再骂一句脏话试试？"

"就骂你怎么样？"他湿淋淋地站在那里，完全丢失风度，声音嘶哑而急促。

"谁怕谁？"我把手中的空盆用力地往前一抛，盆子飞到黑板上，又滚落到地上，发出惊天动地的声响。

教室里忽然安静极了。

余俊杰狼狈地抹着脸，脏水沿着他额前的发丝轻轻地滴下来。他在喘气，我也在喘气，大家都在等待着新的爆发。

我做好了和他打架的准备。我想好了，他要是敢打我，我就用板凳砸他。

就在这时，花蕾走到我面前，把我的胳膊一拉说："章小引，我们走！"

她的力气挺大，我就这样被她拉着一路奔出了教室。

秋天的校园宽阔而落寞，这里虽算不上是全市最好的中学，但出名得漂亮，校园的林荫路老长老长，散发着花草浓郁的芳香。

花蕾有些愉快地说："你看上去文文弱弱的，没想到这么酷。要知道，我和余俊杰同桌了三年，到今天，因为你，我也算是出了口恶气，所以我一定要好好谢谢你。"

"他以前常常欺负你？"我问。

"是的。"花蕾说，"有一次自习课，他拿小剪刀剪掉了我的小辫，我哭了差不多有一个星期，那是我最心爱的小辫子啊。"

"就这么算了？"我说。

"不然还能怎么样？"花蕾说，"他又没辫子让我剪。"

"那就剪他的手指。"我恶狠狠地说。

"呀。"花蕾吓了一大跳，"原来你这么暴力呀。"

我们一起笑起来。

我说："这种人迟早会受到应有的惩罚！"

"他成绩好。"花蕾说，"他成绩真不是一般的好，可就是人坏。我们以前班上好多同学都被他整过，可是大家都敢怒不敢言。"

"为什么？"我觉得匪夷所思。

"因为老师总是偏袒成绩好的同学啦，而且他有一帮死党，七个人。《流星花园》流行那会儿，大家都叫他们F7，好在现在分班给分开了。不过，你还是要小心，余俊杰不是那种心胸宽广的人。"花蕾说，"他一肚子的坏水。"

在花蕾尖而轻柔的声音里，我想念大D，想得要命。虽然以前我们总是斗嘴来斗嘴去，可是我们总的来说是相亲相爱的好同学。我上课发烧的时候，还是他自告奋勇送我到医务室。

只是，那些日子永远都不会重来了。

盼了许久的高中生活，第一天就如此不愉快，我简直不知道以后的每一天都会怎么样！

不过，我还是笑着对花蕾说："没关系的，我什么都不怕。"

"我会和你站在一起。"花蕾朝我伸出手说，"我真喜欢你。"

好像还是第一次有女生这么面对面直白地夸我呢，我忍不住笑了。我的嘴没有花蕾这么甜，但她的真诚让我不容拒绝，于是我伸手和她相握，从她掌心里传来的柔软的温热是我在这所校园里体会到的第一丝温情。

当我们回到教室的时候，余俊杰已经不知道从哪里弄来一套干衣服换上了，看来他还真的是有点办法。他吊儿郎当地坐在座位上，仿佛自言自语："看来有的人忘掉了自己的小辫儿被剪掉一半的事情喽。"

我感觉花蕾的身子轻轻地抖了一下。我捏了一下她的手，然后大声说："余俊杰，你还有什么花样尽管使，我章小引不是被吓大的。"

余俊杰鼓起掌来。

接着班上很多同学都鼓起掌来，这些真真假假的掌声让我心里烦透了。这就是崭新的日子吗？这就是我以前心心念念盼望着的高中生活吗？

我沮丧到一句话都不想说。

下午的英语课，余俊杰动不动就举手回答问题，听得出来他口语不错，不过卖弄到了极点，简直让人生厌。可是英语老师频频点头，一副满意得要命的样子。我把头低着，在心里不屑地想：你得意什么？用英文吵嘴我都不怕你！

我的爸爸和妈妈都是外语学院毕业的高才生，在以前的班级里，每次考英语我都是拿第一。不过我没有兴致和余俊杰争，记得大D曾经对我说过一句话，对待敌人最好的方法就是轻视他。

放学回到家里，妈妈已经到家了。案板上躺着一条活蹦乱跳的大鱼，妈妈手拿菜刀，兴致勃勃地说："老妈杀鱼给你补补脑！"

"唉。"我有气无力地倒在沙发上。

"累成这样啦？"妈妈从厨房里把头探出来，"新班级怎么样呢？老师水平如何啊？"

"还行。"我闪烁其词，当然不会把不高兴的事告诉我妈。她要是知道了，说不定会马上跑到学校去找老师要求给我换同桌。

花蕾也提醒我说可以去找老师要求调座位，可是我才不做那样的糗事，好像我怕谁谁谁似的，那也不是我章小引的作风。

妈妈好像在洗鱼了，水声哗啦啦，越过那稀里哗啦的声音她突然大声地说："对了，刚才大D来过电话了，你还没回家。"

"什么？"我从沙发上跳起来，赶快跑到我自己的小房间去回大D的电话。电话只响了一声就被接起来了，是大D，我闷声闷气地说："你找我干什么呀？"

"新学校闷啊，"大D拖长声音说，"我差不多一天没说话，所以放学了就拼命跟老同学打电话，嘿嘿嘿。"

"无聊。"口头禅又来了。

"对啊，是无聊啊。"大D照单全收，"你们学校呢？还好？"

“不好。”我说。

“是不是找不到人吵嘴了？”大D在电话那端哈哈大笑。

“吵嘴是没对手了，不过打架倒是有对手了。”我没好气地说。

“怎么了？你不会跟人家打架了吧？”

“那有什么不可能？”

“我信我信！其实你一直挺暴力的。初一那年，我们一起打扫学校后面那个破操场，你一脚踩死一只老鼠，面不改色心不跳，我就知道你暴力啦。”

一天之内有两个人说我暴力，看来我真要好好审视一下自己了。

“我给你写了信。”我转开话题说。

“都写什么了？”

“你看了不就知道了？”

“你到底怎么了？脾气坏坏的哦？”大D敏锐地说，“你肯定有不开心的事了。”

被他这么一说，我的眼泪不可控制地就落下来了，怕妈妈发现，我一丁点儿也不敢哭出声。但是大D肯定感觉到了，他的声音变得轻快起来：“对了，听说下个月有王菲的演唱会，你存够钱了没有？”

王菲是我最喜欢的歌手，她的每一首歌我都喜欢，也都会唱，她那颓废而空灵的声音让我异常着迷。这真是倒霉的一天中最值得让我兴奋的好消息，我抹干眼泪问大 D："消息准确不？骗我要死人啦！"

"那还有假？我舅舅在演出公司，你忘了？"

那倒是真的，我还记得，上次萧亚轩和张学友的演唱会，大 D 都替别人弄到票子了。

"替我弄张优惠的票。"我说，"可以看清她和可以拍照的位置。"

"我求求我舅，请他带你进内场。"我听到砰砰响的声音，大 D 好像在那边拍胸脯，"你放心吧。"

妈妈推开门来探头探脑。

"好啦，好啦。"我赶紧跟大 D 说，"这事儿就这么说定了，我到时候找你！"

说完，我迅速地挂了电话。

妈妈问："什么事？"

我摊开手说："要银子，看王菲演唱会。"

"跟你爸要去。"妈妈说，"他同意你去你就去。"

"爸爸不是还在韩国吗？"

"三天后就回来啦！"

"呀！"我跳起来说，"这次这么快就回来？"

"女儿念高中啊。"妈妈说，"他早点回来替你打打气，高一是人生最重要的学习阶段，是上还是下全看这一年了。"

"去年你说过这话了，不过你那时说的是初三，而不是高一。"我提醒她。

"不可能。"妈妈赖得一干二净。她伸出手来摸我的脸，一手的鱼腥味，我扭头躲得老远，她得意地笑着出门了。

我妈的性格挺爽朗的，我外婆就老说我像我妈。我妈还有一个妹妹，也就是我的小姨，长得漂亮，念书的时候老有个小混混逼我小姨跟他谈恋爱。小姨怎么都甩不掉他，天天急得掉眼泪。我妈揣着一把瑞士军刀去见那小混混，五分钟内解决问题，从此，小混混遇到我小姨都绕着圈走。

每每说起此事，小姨总是一副对我老妈万分崇拜的样子，而老妈却反而羞羞答答一点也不像那个传说中的女侠。

我想，我骨子里就有老妈的那种血液，人不犯我我不犯人。我真的是谁也不怕的，那个余俊杰，他要是敢乱来，我就一脚踩死他。

对，踩死他。

像当年踩死那只让所有的女生都吓得魂飞魄散的小老鼠一样！

如果

一个人的理想

是开一家糖果店，

你会不会觉得奇怪？

——章小引

Chapter Two

我对一切旧的东西都感兴趣，最爱收集的是各种各样的糖纸。小时候，表妹最喜欢和我玩，因为每次我都用糖来换她的糖纸，这在她看来是天下最好的交易。

　　表妹叫安安，念初一。她对我有些乱崇拜，什么事都喜欢问我。比如今天，她就打电话来问我："姐姐，粉红色的上衣到底可不可以配淡绿色的裤子？"

　　"简直乱套！"我说，"你要去唱戏呀！"

　　"不是啊，"安安苦恼地说，"我是真的觉得很好看，可是我妈不让我穿。"

　　"那就别穿了，"我说，"你又不是没有漂亮的衣服。"

　　"不能自己做自己的主真是烦，"她像模像样地叹息说，"我恨不得一下子长到二十岁。"

　　"安安，"我说，"别不开心了，我现在做梦都想回去念初中呢。"

　　"你在安慰我。"她压根不信，扬扬声音说，"我那天听姨妈讲，你要去看王菲的演唱会，你还是那么喜欢王菲呀？"

　　"嗯。喜欢。"

　　"都不知道她唱的是什么，像念经一样。"她不满地说，"我还是喜欢侯湘婷，笑起来甜得可以。"

　　"好啦好啦，我要做作业去了。"话不投机半句多，我仓促地挂了电话。其实我对安安不是没有羡慕的，初一那会儿多好啊，什么心事都没有。那时候大D还没学会油嘴滑舌，剃个平头，说普通话的时候老是分不清翘舌和平舌，我整天嘲笑他，但是有了好看的糖纸，他还是巴巴地送到我面前："章小引，你喜欢不喜欢？"

至今，我夹在旧日记里的很多不常见的糖纸，都是当年大D替我收集的。

记得我曾经对大D说过，我将来的理想是开一家糖果店，他当时眼珠子都快掉下来了。我问他："有什么不妥吗？"他翻翻眼睛说："这个理想真是离谱，糖果能吃饱吗？换了我不如开汉堡店。"而且，他很有见地地说："像你这样喜欢糖纸，到时候，你店里的糖肯定全是光秃秃的全粘到一块儿，谁会愿意买呢？"

我被他说得笑出来。

其实，我是在初三的时候才发现大D这个人有趣的。他仿佛吃了一种什么神药，个儿见风一般长，让我们班其他的男生羡慕不已。

记得有次上体育课，有几个不服气的男生把他拼命地按在地上，然后脱掉他的鞋检查他是不是用了增高鞋垫什么的。大D突破重围后振臂一呼："自然长高，挡也挡不住！"活脱脱一广告明星，笑倒了一操场的人。

课间没事，我跟花蕾在校园里散步，不知不觉地跟她说起大D，她意味深长地笑了一下说："他长得帅不帅？"

"那我倒没注意。"我忽然有些想不起来大D鬼头鬼脑的样子，他的模样模模糊糊地从记忆里浮出来，怎么抓也抓不清晰，真是怪了。

"那你觉得鱼头帅不帅？"花蕾又问我。

我觉得她挺花痴的，不过我还是回答她："如果说鱼头帅，那么我觉得天下所有的男生都是帅哥。"

"鱼头不这么想啊，他觉得自己是天下最帅的帅哥！"花蕾压低声音对我说，"你知道不，鱼头还自己弄过一个写真集呢，有一张连上衣都没穿，真是恶心得要死！"

"呀！"我说，"他怎么给你看那么恶心的东西？"

"不是啦不是啦。"花蕾连忙解释说，"差不多全班都看了的，鱼头这人就喜欢哗众取宠这一套，反正别人注意到他他就开心。"

"我要去看王菲的演唱会了。"不愿多说余俊杰那个家伙，我赶紧转开话题，"阿菲唱现场一定会挺棒！"

"你爸妈会让你去吗？"花蕾说，"听说票价挺贵的。"

我胸有成竹地说："这个我自有办法！"

"鱼头也喜欢王菲呢。"花蕾又别扭地把话题引了回来，"他暗恋的那个女生长得就挺像王菲的，她叫杜菲菲，在高二（5）班，下次我指给你看。"

"有多像？"我对关于王菲的一切还是很感兴趣的。

"在我看来有八分像，特别是那双眼睛。上次电视台还有人来请她去参加模仿秀呢，她冷冷地对人家说'我就是我'，酷到极点！"

"嘿，是挺酷，下次一定要指给我看哦。"

"瞧你，一说到王菲就眉飞色舞！"花蕾拉拉我说，"快走吧，上课铃就要响了！"

最后一堂课是政治课，我最不喜欢的科目，于是趴在桌上写日记。

我有一个上锁的日记本，怕被妈妈看到，只好每天随身带着。日记的扉页上是我最喜欢的阿菲的一首歌的歌词。

谁说那盏微弱

灯火

是萤火虫在

闪烁

谁约过谁去看

这一场

忽灭忽明的

传说

剩下的梦想

不断的做

上升的气球

不断的破

别难过

别难过

没原因

有结果

……

有一次班里组织郊游，我一路上就哼着这首歌。大 D 从后面蹿上来，手里拿着一根大树枝问："章小引，你在念什么咒语？"

我气得抢过他的大树枝就对着他一阵乱打，虽说我唱歌不算很好听，但怎么着也不会沦落到念咒的分上吧。后来，我曾多次试图培养大 D 对王菲的兴趣，可是他总是听不懂王菲的歌，连歌名都理解不了，智商和安安一模一样。

回忆总是细致而绵长，我胡乱地写了一些字，日记的一页还没有填满，下课铃就响了。我三下两下地收拾好，拎起书包就往外冲。花蕾气喘吁吁地追上来说："章小引，你干吗跑这么快呀？刚才我看到杜菲菲了，就是找不到你！"

　　"让杜菲菲一边去吧，我爸今天回家了。"我加快了步子说，"我都快半年没见到他了，简直归心似箭呢。"

　　"哎呀，我要是半年看不到我爸，我就开 party（聚会）庆祝！"

　　"嘿嘿。拥有的永远都不知道珍惜啊。"

　　"你爸爸是做什么的？"花蕾好奇地问。

　　"他在一家外企做事。"我简略地说，"常年都得在国外待着。"

　　"真羡慕哦。"花蕾说，"一定很有钱喽，而且还管不着你。"

　　"可不！"我补充说，"而且还挺帅，比濮存昕还帅！"

　　"濮存昕是谁？"

　　我奇怪地看了一眼花蕾，不相信她会这么老土，连濮存昕都不知道。她却一脸无辜地朝我耸耸肩，见我招手拦的士，又尖叫着说："打车啊，太奢侈了吧？"

　　我笑笑，告别她，拦了一辆出租车走掉了。

我让司机开快些，他扭头看我一眼说："急什么，和男朋友约会啊？"

"是。"我说。

"嘿，你多大了？"他又看我。

我恶狠狠地说："再看我我不给车费。"

他终于闭嘴，安心开起车来。

秋风吹起，将一家小店门前的广告牌掀了个底朝天。

我想起小时候每天都是爸爸骑自行车送我上学，每个新学期都吹着这样的秋风。爸爸总是急急地把我放在学校门口，说："上课认真啊。"然后再匆匆地离去。

有一次爸爸转身转得急，被一个骑三轮车的人"咚"的一声撞到地上，我清晰地听到他的头和地面撞击的声音。可是他爬起来，别说抱怨那个三轮车夫了，我看他眉头都来不及皱一下，就骑上自行车上班去了。

那天早读课，我一直都想哭，想到他一定被撞得很疼，我就一直一直地想哭。

后来爸爸学会开车了，却再也不能送我上学了。再再后来，他又被派到国外，想见他都难了。

不过常常会梦到他，一模一样的梦。那时我很小很小，他用温暖的大手牵着我，陪我在商场的糖果柜台前流连，与我争执哪种糖纸更好看一些。

我把这个梦说给我妈听，她总是说："你小时候是那样的啊，家里有点钱，你爸给你买糖就花光了，气死人。"

所以，在我心里，老爸一直都是最疼我的。

我把门铃按得叮叮咚咚，是爸爸来开的门，他已经洗过澡了，还刮了胡子，看上去真是帅极了。他朝我张开双臂，我呼一下就撞到他怀里，他哈哈笑着说："我家丫头又长高了，快赶上你老爸了！"

"礼物呢礼物呢？"我张牙舞爪，像童话里贪得无厌的财主。

"我都锁起来了！"身后传来妈妈恶狠狠的声音，"期中考试排前三名，就给你，不然我送到安安家。"

"你怎么这样？"我说，"那是老爸送我的，你凭什么做主！"

"瞧瞧！"妈妈向爸爸投诉，"你女儿在家就是这样跟我没大没小的。"

"高中生活怎么样啊？"爸爸笑眯眯地喝下一口茶问我，"老师的水平如何啊？"

跟老妈的口气一模一样。

尽管看到爸爸很高兴，可是我不愿意说关于高中的一切。

那些失望，他们也是没有办法理解的。

我拎着书包回到我的小房间，一推开门，惊喜地发现床上竟全是爸爸带给我的礼物。我尖叫一声扑过去：新衣服新鞋子，最新款的流氓兔，正版的韩国 CD，居然有好几袋亮晶晶的糖果，是我从来都没有见过的那种。

我一声一声地尖叫以表达我的痛快，爸爸靠到门边来："我看你跟十岁的小孩差不多，还高中生呢，丢高中生的脸。"

"知女莫若父。"我跳过去拥抱他。

他捏捏我的脸说："高兴就好。"

越过爸爸的双肩，我好像看到老妈在抹眼泪。我赶紧推开他说："我要清点我的战利品了，你去陪老妈吧。"

门在我的身后关上，我的眼睛一下子变得湿湿的，大人们多愁善感起来可真是让人受不了。

我理解妈妈，爸爸一年在家的时候不会超过一个月，这样的日子还不知道要持续多少年才是尽头。不过我也还算听话，很少惹她生气，成绩也算是过得去。爸爸不在家的日子，我和妈妈唯一的一次不愉快，就是给爸爸发 E-mail。

那时候，妈妈刚学会上网，是个菜鸟，一封信老是发不好。我把鼠标一把抢过来说："我来吧我来吧，你真是笨死啦。"老妈忽然转过背就哭了起来。其实老妈从来不喜欢哭哭啼啼的，后来我才明白，她一定是想老爸了，老爸不在家，她一定很辛苦。想念一个人的滋味，我也是现在才真正地体会到。

我翻出日记本来，记下一段话："爸爸今天回家了，我和妈妈都很快乐。不知道大 D 今天会不会给我打电话，不过他要是不打，我也不会打的。昨天我收到他的回信，他得意扬扬地说他的新同桌长得像张柏芝，他难道不知道我最恨的就是张柏芝吗？有时想想，大 D 真的是蛮弱智的，再想自己其实更弱智，怎么会老是想着一个弱智呢？哈哈。"

写完后，我细心地将日记锁好放回书包里。

虽然妈妈一向很尊重我，从不乱翻我的东西，但我还是很小心。以前我们隔壁班有个女生，就是被她妈偷看了日记而自杀的，虽说是自杀未遂，脸却是丢了。

我常常想，日记，应该是一个女生最宝贝的东西吧，不然那个女生也绝不会采取这种激烈的手段的。

第二天一早，花蕾嘎巴嘎巴地咬着我带给她吃的糖，看我将糖纸用手指细心地抚平，再夹进数学书里压好，她呵呵笑着说："像你这样喜欢糖纸的女生我还是第一次见到呢，是不是你的初恋跟糖纸什么的有关啊？"

"我还没初恋呢！"我说。

"撒谎。"

"天地良心。"

"暗恋也没有？"她刨根问底。

"哈哈，"我说，"那种弱智的事情我才不做。"

"嘿！"花蕾凑到我耳边，"带你去看小王菲，高二那个，去不去？"

"就这么去？"我说，"够傻，人家理你？"

"安啦！"花蕾说，"你跟着我，我自有办法。"

我总是抵抗不了关于王菲的一切诱惑。

中午吃过饭，我就傻傻地跟着花蕾到了高二（5）班的教室门口，花蕾在后门大声喊道："请问杜菲菲在吗？请问杜菲菲在吗？"

一个女生站起身朝这边走来，不看不知道，一看吓一跳，还真是蛮像王菲的，我眼睛都差点直了。

杜菲菲一看花蕾，眉头一拧说："怎么又是你？"

这个神情更是和王菲无异。

"还是，还是他的信。"花蕾变戏法一样从口袋里掏出一封信来，结结巴巴地说，"鱼头说他永远都不会放弃。"

"无聊。"杜菲菲说，"你还给他。"

"你不看看吗？"花蕾可怜巴巴地说，好像信是她自己写的，"看一下就可以了。"

我拉她一把说："走吧走吧。"

杜菲菲却一把接过那封信说："给我吧，以后别再做这种事了。"

我飞速把花蕾拉到楼梯的拐弯处，揍她一拳说："为什么不跟我说清楚，为什么要替鱼头做这种事，你脑子进水了呀？"

她一点也不生气，而是嘿嘿笑着说："你不是想看小王菲吗？"

"早知道这样，不如不看。"

她见我真生气了，赶紧向我解释说："是鱼头求我的，我只是想看鱼头出丑，没有什么别的意思。"

"你到底替他送过多少次情书？"

"三次。"花蕾低着头，像个做错事的小孩。

"唉，算了。"我拍拍她说，"以后这种事别带上我就行了。"

"喂，"她从后面追上来说，"章小引，我这次真的是想让你看看杜菲菲，所以才会答应鱼头的，你可不要有什么误会呀。"

"没有，没有。"我说，"你想哪里去了。"

"那就好那就好。"花蕾拍拍胸。

我真搞不懂花蕾，那么讨厌鱼头，干吗又要替他做事，还是那句话，脑子里进水了，要么就是长了鱼泡，不是普通人的思维了。

我闷头闷脑地进了教室，看到余俊杰用期待的眼神看着花蕾。花蕾朝他点点头，他得意起来了，表扬她说："干得不错。"又转头问我说："你也去了？谢谢你哦。"

一股说不出的厌恶从我心里升上来，我看着他，一字一句地说："你这个变态，请你以后不要再跟我说话。"

他哈哈大笑起来："我是变态？你真以为自己是张柏芝？你难道不知道我最恨的就是张柏芝吗？哦，有时想想，他真的是蛮变态的，再想想，自己其实更变态，怎么会老是想着一个变态呢？哈哈哈哈哈……"

鱼头仰天长笑，我的脸在瞬间变了颜色，迅速翻出我的书包。谢天谢地，日记本还在，锁也是好好的。可是，可是鱼头说的话怎么会和我日记里写的那么相像呢？

见我惊慌失措的样子，他更是得意了："哟，密码锁哦，带密码锁的日记哦，要打开不知道难还是不难呢？"

花蕾关心地问我："章小引，怎么了？"

"你给我闭嘴！都是你搞的！"我把日记重新放回书包，关抽屉关得地动山摇。花蕾撇撇嘴，立马趴到桌上哭了起来。

鱼头唯恐天下不乱地说："老同桌，谁欺负你啦？你放心，谁要是敢欺负你，我一定替你讨回公道！"

"你给我闭嘴！"花蕾带着哭腔，头也不抬地骂道。

"好看吧？"鱼头对着一教室的观众说，"从今天起，每天上演一出大戏，还不用花钱。你们说痛快不痛快？"

我转身出了教室。

有一瞬间，我很想进老师的办公室。我们的班主任也姓章，和我一个姓，她很年轻，三十多岁，听说是这学校里最出色的老师之一。

我很喜欢开学的第一天她穿的毛衣，Esprit（埃斯普利特）家的，淡灰色的，挺有味道。她教语文，教鞭举起落下都有独特的风韵，普通话温柔亲切、无懈可击，感觉是个值得信赖的人。

但我最终没有去找她，这些事情我想我还是自己解决。鱼头应该为他所做的一切付出代价，这是迟早的事。我会用自己的方式来解决。

找老师，我在小学五年级的时候就明白，那是最没种的人才干的事。

一下午，我都心不在焉的，课也没怎么听。放学的时候，花蕾将我拦在操场上："章小引，你不要生我的气好不好？你说你喜欢王菲，我真的只是想让你看看杜菲菲，我没有什么别的意思，也绝不会站在鱼头的那一边，你要相信我！"

"没什么，你不必放在心上。"

"可是你在生我的气！"花蕾说，"我都难过了一下午了，请你别再生气了，好不好？我以后不会这样做事不经大脑了。"

我看着泫然欲泣的花蕾，忽然有些看不起她。就算我生气了又怎么样呢？那么在乎别人的感觉干什么呢？

就在这个时候，鱼头骑着崭新的山地自行车过来了，车把往我们面前一歪，摆出一副让人恶心的酷样说："两位小姐还在生我的气啊，讲和怎么样？我带你们去玩冲浪，游乐园的最新项目，心跳一百八，绝对过足瘾。"

花蕾低着头不说话。

我冷冷地问他："讲和，怎么个讲法？"

"女士优先，你说吧。"他甩甩头，用脚猛踩一下他的车子，车轮咕噜噜一转，他脸上的表情得意非凡。

我不露声色地说："你有圆规吗？"

他不解地说："有。"

"先借我。"我说。

他从书包里掏出文具盒，从文具盒里掏出圆规，一脸好奇地递到我手里。

我一把接过，俯下身来开始猛戳他的车胎，一下一下，又一下。在他还没有回过味来之前，我把圆规扔到地上，扬长而去。

走了很远以后我回头，看到鱼头一脸无奈地站在那里，和他的车一样变得软而泄气。旁边，是将嘴张成 O 形的花蕾。

回到家里，爸爸妈妈不在，桌上有张纸条，一看就是爸爸的笔迹："晚上叶阿姨请吃饭，你的饭菜在冰箱里，微波炉热一下就可以了，我们十点前回家。"

我没有胃口吃饭，趴在沙发上很久，打开电视，每个台都是无聊而又弱智的节目，于是我又关掉了它。我拿出日记本，左想右想也想不通，鱼头是怎样打开它的？或者他压根就没打开过它，一切不过都是巧合。

想着想着，我就有些悲从中来，我撕掉了日记，一页一页撕成条，再撕成碎片，放到爸爸的烟灰缸里点燃，看它一点一点地变成灰。

就在这个时候，电话响了，我接起来，是大 D。

"章小引，我搞定我舅了。"他说，"他答应带你进后台，你还可以看到王菲化妆呢，说，怎么谢我啊？"

我对着电话，哇一声就哭了出来。

大 D 在那边喊道："太夸张了吧，高兴成这样了。"

我继续哭继续哭，哭到上气不接下气。

大 D 这下慌了："你怎么了，到底怎么了？喂喂喂！！"

我挂了电话。

哭过了，好像就好了很多。

我抱着腿坐在地板上，看天慢慢地黑下去，远处的云像妈妈最喜欢的那条暗红色的纱巾。我想大 D 一定是一边做着功课一边在想章小引自从念高中后就变成了一个疯子，哭起来真是要命哩。

就这么想着，电话又响了。

还是大 D。

他说："章小引，我在你家楼下。"

"啊？"我说。

"小区门口的电话亭。"他说，"你没事吧？我有点担心。"

"等我。"我放下电话狂奔下楼。

天已经完全黑了，我远远地看到大 D 亲切而熟悉的身影，斜斜地靠在电话亭的边上。

他好像又长高了许多。

我却忽然停下了脚步，不知道是不是应该走过去。

等到

风景都看透，

也许

你会陪我看细水长流。

——章小引 最爱歌词

Chapter Three

其实，我和大 D 那天的见面挺无聊的。

我费了好半天的劲儿才犹疑地走近他。他埋着头，把船一样的球鞋在地上蹭啊蹭的，那块地被他蹭得光滑而干净，在月光下反射着硬硬的白光。

"你跑来干吗？"我明知故问。

"你把我吓死了。"他说，"心脏病差一点出来了，干什么哭成那样啊？"

"不高兴说。"

"那就不说吧，你这么晚跑出来，你妈呢？"

"我爸回来了，她跟我爸出去应酬了。"

"嘿，你该高兴了，你爸一定给你买了不少糖吧。"

"你怎么知道？"

"我怎么不知道？"

"还有事吗？"

"没有了。"他抬起头来，伸伸脖子，"我该回去了，不早了。"

"再见。"

"再见。"

"喂！"我喊住他。他飞快地回头："还有事吗？"

"没了。"我说，"有事我会写信的。"

"要不你就现在说吧。"

"现在没事了。"

他看看我，转身走了，走得很快，大步大步的。快出我视野的时候，我发现他开始跑，我在心里大声地喊：大D大D，回来，回来，其实我还是有很多话想说。

可是我喊不出口，不知道为什么，我总是不愿意把自己的不痛快告诉第三者，从小就是这样。在幼儿园里被小朋友抓破了脸回家也不讲，硬说是自己不小心摔的，第二天再去弄脏那个小朋友的外套以示报复。

自己的事情自己解决，从来就是这样的。

我没有办法对大D说出那些事，鱼头的无耻，花蕾的懦弱或是我的暴力，我都没有办法一一向大D开口。可是他来看我，在秋天的夜晚急得一头汗的样子，却让我的心里暖得不可言表。

我踩着一地的星光慢慢地走回家，洗了个让人满意的热水澡，下定决心一定要忘掉所有的不愉快。

第二天一早，我在学校门口遇到了章老师。这次她穿大红色的毛衣，可是一点也不显得俗气。见了我，她手一挥，喊住我："章小引，正找你。"

"什么事？"我问她。

她笑了，拉我一下说："到我办公室去谈？"

我点点头，低着脑袋跟她一前一后地走着，心里想多半是鱼头这家伙恶人先告状了，不过我不怕他，人不犯我，我不犯人，我不管做什么，都属于正当防卫。

这是我第一次进章老师的办公室。她办公桌的玻璃板下压着好几张一个小孩子的照片，虎头虎脑的，很是可爱。见我盯着看，她笑笑说："我儿子，调皮得要命。"

"很帅。"我由衷地说。

"呵呵，"她笑了，一边抹办公桌一边对我说，"你应该知道我找你是为什么。"

"嗯。"我说，"我要是做了什么不该做的，也是被逼上梁山。"

"我相信。"她真诚地说，"你一定有自己的理由，可是，这是一个新班级，你和余俊杰一开始就闹得这么水火不相容，我有些难办呢。"

"只要他不招惹我，我保证不招惹他。"我承诺。

"要么，"她想了想说，"替你把座位换开？"

"我走他走？我不是怕他。"我强调说，"我坐那里挺好。"

"你们怎么说一样的话？"她又笑了，"我看，既然这样啊，座位都不要动了。我看过你们的档案，你和余俊杰成绩相当，在以前的学校表现都不错，英语老师昨天还和我交流，打算让你做英语课代表，你觉得怎么样？"

我一听，心里有些高兴，嘴里却说："随便。"

"可是我想和她抢呢，我觉得你做我的语文课代表也不错。"

"啊？"我贫嘴说，"老师，您别拿我开心。"其实我是很愿意当课代表的，这个职位代表的荣耀在很多时候学习委员都无法企及。

"中考的时候，你这两科成绩都是全班第一，而且，我看过你的第一篇周记了，是写听王菲的歌的感受——《菲感觉》，对不对？文字很新鲜，我很喜欢。"

"啊？"我又张大嘴。

我会对付各种各样的考试作文，不过，我更喜欢写的，还是一些自由散漫的文字。这种写作风格在我的日记和周记里表现得最为突出，这是一种很自我的宣泄，完全没有章法的文字。我没想到会有老师喜欢它，要知道在初中的时候，老师给我的周记的批语常常是"不知所云"呢。

"你考虑一下，看你愿意做谁的课代表。"章老师笑着说，"你自己选择好了。现在去上课吧，第一堂课该开始了。"

"就这样？"我问。

"嗯？"她看我。

"您把我叫来，不打算骂我？"

她哈哈地笑了："我相信你知道该怎么做。"

我感激地一笑转身就走，她却忽然喊住我说："章小引！"

"哎？"

"这身衣服挺好看。"她说，"在哪里买的？"

"我爸在韩国买的。"得到她的表扬我简直得意得不得了。

她朝我挥挥手说："快去吧，快去，上课铃响了。"

我三步并作两步地跑往教室。

第一堂课是数学，老师已经在讲题。她是一个大学才毕业的小姑娘，看上去很瘦弱，不过课讲得不错，很细致，也易懂。

她见了我责备地说："进来吧，下次别再迟到。"

我也没解释就走进教室，路过花蕾的位子的时候，她身子动了动，欲言又止的样子。我冲她笑笑，因为和章老师的谈话，我的心情好得要命。我还打算在下课的时候告诉她，我一点儿也不生她的气，别把昨天的事放在心上。

我坐下来，拉开抽屉放书包，就在这时，我的抽屉里忽然飞出两团黑乎乎的东西。它们嘶叫着，撞过我的脸颊和手背，再各自撞到天花板和黑板上，全班顿时响起此起彼伏的尖叫声。叫得最厉害的不是别人，正是我们娇小的数学老师，她已经不顾风度地从讲台上跳了下来，紧紧抓住前排一个男生的衣服不放手。

我定神一看，原来是两只蝙蝠，不用怀疑，这一定是鱼头放到我桌子里准备吓我一大跳的。我真服了他，居然有办法弄到这种恶心的东西。

胆大的男生们开始动用手里的书本来驱赶它们，教室里乱作一团。在众人的叫喊声里，两只蝙蝠愈发兴奋，快速飞行，左右转弯，飞到哪里激起哪里一阵恐怖的尖叫。

隔壁班也被惊动了，停了课跑到我们窗口来看热闹。

看着这一切，始作俑者鱼头的嘴角竟浮出了一丝淡淡的微笑。

那些笨手笨脚的男生让我愤怒极了，我跑到教室后面，抄起最长的一把扫帚，跳到课桌上开始和那两只蝙蝠搏斗。不知道是不是我的勇敢吓住了它们，只一瞬间，两只小东西就都被我从窗口赶了出去，飞老远了。

"章小引，好样的！"是花蕾带头在喊，大家都噼里啪啦地鼓掌。我朝大家抱抱拳，宠辱不惊地在位子上坐下来。

数学老师重上讲台，气急败坏地说："到底怎么回事？章小引，你的课桌里怎么会飞出两只蝙蝠来？"

"谁知道是哪个猪头干的好事！"我故意把鱼头说成猪

头，全班稀里哗啦地乱笑。

鱼头恐怕从来都没受过这样的打击，他的脸在瞬间变成了猪肝色，整堂课都耷拉着脑袋。课间的时候，如我所想，他被章老师请进了办公室。

按我早上的经验，我知道温柔美丽的章老师也不会怎么批评他，但是胜利的喜悦还是让我情不自禁地在脸上挂满了微笑。

花蕾朝我吐吐舌头说："鱼头在升高中前算过一命，说是在新环境会遇到克星，真是准呀。"

"莫瞎说，什么克星不克星的，没有的事。"

"我真没见过连蝙蝠都不怕的女生，要知道，我一早来就为你捏着一把汗呢，你进教室的时候我本想告诉你的，可是……"

"你怕是吗？"原来花蕾目睹了鱼头干这一切，我冷冷地说，"鱼头到底有什么好怕的？"

也许是被我说中要害，花蕾的眼神迅速地暗下去，她调转了头，不再与我说话。我看着她的背影，心里游过一些莫名其妙的情绪。

我知道她以前和鱼头是同桌，同桌间的感情总是很微妙的吧，就像我和大D，我们坐在一起的时候虽然天天吵嘴，可是如果大 D 做了什么错事，我也一定会在心里原谅他和包容他。

这么一想，我又原谅了花蕾，不知不觉地在嘴里喊了她的名字，她有些惊喜地回头，我说："今天放学陪我去音像店好吗？我想去挑王菲演唱会的光盘看看，权当热身。"

"好好好。"她连声说，"中山路有家新开的音像店不错，老板是我姐的好朋友，我带你去一定可以打折的。"

正说着，鱼头回来了，从他的表情上看不出他的喜怒哀乐。我近乎挑衅地问他："哪里找来的那两只小玩意儿？是不是到乡下守了一晚才捉到的？这么容易就飞走了，真是可惜呢。啧啧啧！"

"要是换成蛇你怕不怕？"他呆头呆脑地问我。

"怕。"我老老实实地说，"我最怕的就是蛇。"

他一拍大腿说："我表哥当时让我用蛇，说是不咬人只吓人的那种，可是我怕出了人命负不起责！菜！"

我哭笑不得，花蕾在前面笑出声来："看来你还是坏不到家哦。"

"还有一件事，"鱼头并不理她，而是忽然正色对我说，"我要向你索赔，那是我开学才买的新车，车轮子还没沾灰，车胎就废掉了，我跟我妈都没法交代！"

"你打算要多少？"我问他。

他看了看我，说：“我还没想好，要看你的表现。”

“一个子儿也没有。”我咬着牙说，“这都是你自作自受。”

“你真以为你狠得过我？”他不甘心，恐吓我说，“我要是使出五成功力，你在这所学校的日子怕是过不下去！”

“F7吗？”我微笑着说，“我怕怕。”

鱼头转向花蕾：“你这个间谍，还说过些什么？”

“与我无关！”花蕾赶紧转回头，装模作样地看起书来。

放学后，我和花蕾到音像店逛了一圈，如愿以偿地买到了王菲演唱会的DVD（视频光盘）。等我兴冲冲地回到家时，却见爸爸又在收拾行装，我惊讶地说：“怎么这么快就走？”

“到北京出趟差，一个星期就回来。”

“你怎么总是这样忙，你这样老妈会伤心的。”我夸张地说，“你不在家的时候，她在家里天天掉眼泪，估计是想你呢。”

“是你气的吧，你别赖我头上。”老爸摸摸我的头发，从口袋里掏出五百块钱递给我，“买张前排的位子，把王菲看清楚些。”

我欢呼雀跃：“老爸你真好！”

“年轻时喜欢点东西不容易。”老爸说，“不过你成绩单别难看，不然我扣你一年零花钱，让你连本带息还给我。”

我捏着五百块钱，想着和王菲的近距离接触，热血沸腾，昏头昏脑地说："期中考试一定冲进八强。"

"那还差不多。"老爸说，"我明早九点的飞机，开车送你上学，再到机场，时间也正好差不多。"

"不用了吧，我坐公车。"我卖乖地说。

"反正也要绕道接一个人。"老爸说，"顺便让老爸表现一把嘛。"

"我就知道，哼哼，原来我只是一个'顺便'。"

"小心眼了不是？"老爸恶狠狠地说，"五百块还给我！"

我赶紧溜进自己的小屋，第一件事就是给大D打电话。

"弄到钱了，"我兴奋地说，"你给弄我个最靠前的位子，我要看清王菲的眼睫毛才行！"

"不行。"大D严肃地说。

"你搞什么，臭大丁！"我一生气就喜欢这样骂他。

"有个条件！"他越发严肃起来。

"说！"

"你再发一次神经，现在就在电话里痛哭一回给我听听。"说完，他哈哈大笑起来，"章小引，你哭起来的感觉很好！"

这个超级变态！我被他气死，握着电话，一时不知道说什么才好！

他却小心翼翼起来："生气了？不会吧？这么开不起

玩笑？"

"票买还是不买？不买我再想办法去。"

"买买买。"他连声说，"你放心吧，我二十一号晚上六点半在体育馆门口等你。"

"怎么你也去？"我好像有一点高兴。

"拿票给你啦，那种软绵绵的情歌，"他在电话那端捏细嗓子，忸怩作态地说，"我才不要听哦！"

我连"再见"都懒得说，挂了电话。

挂了电话，我却又盯着电话看了好一会儿。它没有再响，我又觉得自己挺忸怩作态的，怎么也不像那个拿得起放得下的章小引了呢。

那晚，我攻书到十一点。我知道成绩的重要性，不想让爸爸妈妈对我失望。睡觉前到卫生间刷牙，发现电视开着，妈妈已经靠在爸爸的身上睡着了，身上搭着爸爸的外套。

爸爸朝我做了一个嘘声的手势，我压低声音说："怎么不让她去床上睡？"

"她等着看一个电视剧的大结局，我等会儿叫醒她。"

我蹑手蹑脚地回房间躺下，忽然觉得我老妈挺幸福的。我想，如果有一天我结婚了，不知道是不是也会有人愿意这样，在深夜里守着我，喊醒我看一集喜欢的电视剧。

想到这里的时候，我的脑子里飞快地闪过了大 D 的脸，这简直把我自己吓坏了。我赶紧戴上耳机，听萧亚轩的新专辑，有一首歌是英文和中文串起唱的，感觉很棒。女歌手中，除了王菲，我最欣赏的就是她了。

　　在 Elva（萧亚轩）特别的嗓音里，我顺利入睡，一夜无梦。

　　第二天一早，老爸遵守承诺送我上学。我起晚了，在车上啃面包，面包屑弄得一车都是，可是他不责怪我。车到玉都大厦的时候停了，一个女孩朝我老爸直挥手，老爸把车停下，她喊了声"章总"，然后就拎着个大包跳进了车。

　　"呵，带这么多东西出差？"

　　"全是衣服！女生出门什么都不带，衣服化妆品不能少。"女孩坐定了，冲我笑笑说，"章总的女儿？好漂亮！"

　　"叫叶姐姐。"爸爸吩咐我。

　　我不情愿地叫了一声。她才是真正的漂亮，让我有些说不上来的嫉妒，而且，我最不情愿的是，她居然要和我老爸一起出差！要是我老妈知道老爸身边有这么个美女，一定会酸得喝下一整瓶香醋！

　　一路上我都闷着不说话，车快到学校门口的时候，老爸停下来，让我自己走一段路。我当然知道他的意思，不想让我在同学面前显得太有谱。他的那辆车虽然是公司的，可是至少值八十万。我下了车，又把头伸进窗户说："尽量早点回来，我和妈等你。"

"再见。"那个姓叶的女生满面笑容地向我挥手。我在脸上挤出一丝笑来。再转头的时候，爸爸的车已经开走，我看到的是鱼头。看来，他的车胎已经修好了，他正坐在上面，用有一点点惊奇的眼光看着我爸爸的车绝尘而去。

见了我，他没说话，一猛踩，车骑得老远去了。

随着鱼头的偃旗息鼓，我的高中生活终于开始按部就班起来。我最终选择做了英语课代表，因为我更喜欢英语。而且，我知道这是对鱼头沉重的打击，让他知道，什么叫天外有天、人上有人！

也不知道是不是因为开学时和我的几次冲突，鱼头的班头也没当成。取代鱼头的，是一个看上去其貌不扬的男生。不过，据说他的成绩也不错，发表过文章，还在全国的什么比赛中得过奖，听说还主持过学校的文艺会演。

花蕾对我说："其实鱼头能力比他强多了。"

我取笑她："你看你平时骂鱼头，一到关键的时候，还是替他说话。"

花蕾的脸立刻就涨红了，她说："你别瞎想啊，我只是说我真实的感受而已。"

"老师不是说，三个月后会让大家民主选举吗？你到时候再选他就是啦。"

"我才不。"花蕾说，"谁当班长关我什么事？"

可是我看得出她的言不由衷。

好不容易到了二十一号，我盼望已久的时刻终于到来了，报纸上全是关于王菲个唱的消息。

六点二十分，我到达体育馆的时候，已经是人山人海，我怎么也看不到大D，急得一身冷汗。

有人到我面前来兜售王菲的个唱海报，又有人挤过来要我买荧光棒，平时一元三支的荧光棒，现在竟然卖到了三元一支，我烦躁地推开了他们。

就在这时，突然听到有人在喊我的名字："章小引，章小引！"

我惊喜地发现是大D，他站在高处，正在向我挥动双臂。我好不容易挤过去，大声喊："票呢？票呢？"

大D将我一拉，一路拉到体育馆里面的一个办公室，办公室里有个风度翩翩的年轻人，大D叫他舅舅。我也叫了他一声叔叔。他看了看我，又看了看大D，然后说："跟我来吧。"

他手里的牌子很有用，我们跟着他，竟一直进到了体育馆的内场。他又不知道从哪里弄来了两张红色的折叠椅，放好了后，对我们说："你们俩就坐这里，别乱跑，要是有人问你们就说是我的朋友。"

"知道了，"大D说，"你忙你的去。"

大D的舅舅走后，我忽然想起来，问他："我们坐这里是不是不用花钱？"

大D说："当然！"

"耶！"我挥舞双臂说，"早知道买束最贵的花啦，可是我都来不及去花店。"

"笨，那么多人送花，王菲才不会介意。"

"倒也是。"我又想起来，"你不是说，你不爱听这些软绵绵的歌吗？"

"我这是舍命陪君子，怕你被别人赶出去啊。"他说。

"挺够哥们儿！"

"坐这里一定可以看清王菲的眼睫毛！"大D得意地说，"你的话我可是放在心上的哦。"

我挺感动的，却有些怕看他的得意样儿，只好装作左顾右盼再跟他乱扯一气。

好在没过多久，演唱会就开始了。

圆形舞台设置在体育馆正中央，当王菲唱着《我愿意》中的那一句"思念是一种很玄的东西"从舞台中央冒出来的时候，和我一样待在内场的许多歌迷顿时不愿意老老实实地坐着了，蜂拥至台前。王菲转身面向哪一边，歌迷们就围着哪边的舞台打转追逐。闹得警察、保安忙不迭地左围右堵，仿若一场"老鹰捉小鸡"的游戏。

我也想动，可是被大 D 一把按住了："注意安全，安全第一！"

他的手劲真大，没办法，我只好听他的。

这真是一个让人沉醉的夜晚。

当王菲唱到《香奈儿》时，站上了一个活动的小舞台，沿预先铺好的路轨缓缓绕主舞台一周，最近距离地靠近观众。所到之处观众起身伸手，仿佛足球场上起伏的"人浪"。

王菲绿纱披风轻飘身后，像迎风立在泰坦尼克号船头。我跟着人群声声尖叫，大 D 一直很包容地看着我在那里发疯。唱到最后一首《人间》时，台下的工作人员已迅速架设好了一个黑布遮挡的临时通道。乐队、伴唱在将歌曲的"尾巴"推向高潮时，我清楚地知道，王菲已经从这个"幕道"里潇洒地撤了。

我本来应该很沮丧，可是竟然没有，因为我发现，大 D 正在用一种很温暖的眼光看着我。

"走了哦。"他提醒我说。

"走了就走了呗。"我说。

他很轻松地笑了："我真怕你又哭。"

我一拳捶在他胸口上。他没躲也没叫，要了命的安宁。

繁华散尽的体育馆显得特别冷清，秋风将夜吹得干冷，大D说："我送你回家吧。"

那是一段很长的路，我们慢慢地走，他忽然哼起那首我最喜欢的《红豆》。

有时候　有时候

我会相信一切有尽头

相聚离开都有时候

没有什么会永垂不朽

可是我　有时候

宁愿选择留恋不放手

等到风景都看透

也许你会陪我看细水长流

……

我从没听过大D唱歌，他哼得随意，拍子差强人意，歌词模糊不清，我却听得呆了。

有鸟儿

在林梢飞舞，

看起来

比我们还要孤独。

———
章小引

Chapter Fou

看完王菲的演唱会后的好多天，我还沉醉在那晚的记忆里不能自拔。

脑海中起伏着的，除了王菲唱歌时迷离而执着的眼神，不唱时紧抿而倔强的嘴唇，还有大 D 熟悉的侧脸。

这张侧脸陪了我整整三年，在离开我后，又在那夜重回我的身边。

重逢的感动和终于见到王菲的喜悦齐头并进，让我感觉幸福就像是长了翅膀的天使，紧紧绕着我飞，不肯离开。

那些日子我见谁都笑，有一次竟对着鱼头也笑，他看了我半天后吐出一句话："章小引，你该不会是捡到谁的存折了吧？"我才恍然大悟地收起笑容，拿起英语书朝他猛揍起来。

高中的课程比我想象中要难一些。我是个争强好胜的人，所以也无法免俗地在意自己成绩的好坏。

期中考试的那个月，我几乎整天整天地扑在书本里，不敢有一丝一毫的懈怠。唯一的放松，是在课间的时候读大 D 的来信。他的信总是短得要命，但字很漂亮，少少的字在一张纸上铺排开来，给你很舒服的那种感觉。

中午的时候，我会抽空到学校门口的小邮局给他寄回信，有时是一个人，有时花蕾会陪我。

花蕾走路的时候喜欢紧紧挽着我的胳膊，像是怕摔跤一样。

性格测试游戏说，这样走路的人，多半极端不自信。

不过，我还是慢慢地喜欢上了花蕾，喜欢上这种有人依赖着我的感觉。在这个还是很陌生的校园里，我在信中对大D说，我常常会感觉自己是一只孤孤单单的小鸟。

有着这种惆怅文字的信，真的不像是我写的，要是被鱼头看到，还不知道会怎样嘲笑我呢。写完后，我就赶紧叠起来寄掉了。一边寄一边想，其实每个人都是有很多面的，至少我就是这样，我也说不清自己到底是什么样，郁闷。

周末上网，竟收到大D的电子贺卡。很悠长的洒满秋天黄叶的小径，寂寞地伸向天空的光秃秃的树枝，加上一只孤孤单单的振翅飞翔的小鸟，唯美得要了命。最令我喜欢的是，贺卡上的那行小字。

——能走多远走多远，能飞多高飞多高。

让我有种落泪的冲动。

正欣赏着呢，妈妈进来了。我飞快地关掉那个页面。她递给我浓浓的加奶的咖啡，问我："有爸爸的信吗？"

"没有。"我说，"他现在懒，就知道打电话，一点也不节约。"

妈妈有些抱怨地说："女儿要期中考试了也不关心！"

"爸爸忙嘛。"我替爸爸说话，"再说，春节他不是就又回来了吗？"

"对你再好也没用！"妈妈笑着说，"还是跟你爸爸结成统一战线欺负我！"说完，她叮嘱我好好复习便走开了。

我再次打开邮箱，看大 D 给我的那张贺卡，看那句我喜欢的话：能走多远走多远，能飞多高飞多高。我忽然意识到，有一天我的确是要走远和飞高的，离开爸爸，离开妈妈，不知道会不会害怕，会不会感到更加孤单呢？

如果有人陪，当然不会。

但，那个人会是谁呢？会不会是自己希望的那个呢？

伴着这样的胡思乱想，我做完了一张英语试卷，做完了对对答案，还好错的不多。深秋的夜有些舒服的微凉，我却开始觉得有些头痛。书是看不下去了，再一想，反正是周末，就早点睡吧。

谁知道，睡到半夜时，我竟然开始发烧，烧得浑身发烫，四肢无力。我挣扎着起来叫醒妈妈告诉她我不舒服。妈妈手一碰到我就吓得一哆嗦，她打了一个电话给外婆，然后就连夜把我送进了医院。

别看妈妈这人平时挺镇定，可是一旦我有点什么她就没了主意。出租车上，妈妈开始给爸爸打电话，爸爸一定在电话里安慰她了，她放下电话就显得好多了，替我裹紧衣服，又把车窗摇下来一点点。

我有气无力地问她："爸爸说什么？"

"还能说什么？"妈妈气呼呼地说，"远水救不了近火。"

我倒到她怀里识相地不作声了。

深夜的医院到处都显得空空荡荡，被冷风一吹，我在医院特有的气味中感觉自己稍好了一些。一个中学生模样的护士来替我打吊针，我"哎哟"了一声，她立刻不满意地盯着我说："很疼吗？"

"要不你试试？"我没好气地说。

"我要是病了一定试。"她的嘴巴看来也很厉害，末了，还大姐一样地拍拍我的肩说，"不要乱动，水快完了按铃叫我。"

她走后，妈妈不高兴地说我："都病成这样了，还有兴趣跟人家吵嘴。"

我再次识相地闭嘴。

我这样跟人说两句，她就受不了，要是她知道我在学校里的那些壮举，没准真的要找来医生好好给我检查检查！当然，我也没有力气再吱声了。

不知道是不是药力的作用，我很快就沉沉地进入了梦乡，眼睛睁开的时候，窗外已是阳光万丈。妈妈趴在我床边，她显然是一夜都没睡，见我醒来，连忙欠身起来问我："怎么样？怎么样？感觉好些没？"

我这人就是容易感动，一看她憔悴的模样，眼睛鼻子就一起酸起来，赶紧露出笑脸大声地说："没事啦，没事啦，可以回家啦。"

"年轻就是好。"我妈感叹，"病来得快去得也快。"

"烧是退了，不过回家后还是要注意休息，不可以劳累。药要按时吃，要是再烧，要再回来挂水。"这回说话的，换成了一个美女护士，她笑起来真好看，说话也温温柔柔的。妈妈连声答着"是是是"，我也冲着她傻笑了两下表示感激。

和妈妈手挽手走出医院的大门，妈妈说："外婆在家煮好粥等我们了，听说你病了，她也急得不行。"

"一点小病，有那么夸张吗？"我正说着，迎面看到一个熟悉的身影，竟是鱼头！

鱼头好像也跟他妈妈在一起，他妈妈扶着他，两个人正往医院大门里走。他的脸色看上去很坏，步子也迈得缓慢，好像是拉肚子了，不过他并没有看到我。看到他的样子，我的心里滚过一阵舒畅，忍不住笑了起来。

妈妈问我："你笑啥？"

"看到我同桌了。"我说，"他好像也病了。"

"哎呀，"妈妈说，"别是流感传染的吧。我还纳闷怎么说病就病呢。"说完，她又紧张地来摸我的额头。

"没事啦。"我推开她，伸手招了一辆出租车。她犹豫了一下也上了车，不过在车上忍不住絮絮叨叨，什么其实这里离家也就两站路还是坐公交车划算，在这里上车肯定有位子坐……

我想，她一定忘了我昨晚病着的时候，那时候让坐直升机她都肯定舍得呢。

出租车司机倒同情起她来："年轻人就是会享受啊。瞧你女儿，手一招，车门一拉，可没犹豫！"

"可不！"她找到知己一样跟人家聊起来。

我转过头看窗外，觉得我妈挺落伍的，我爸都用上彩屏手机了，可是她那个手机还不能发彩信，让她换她就是不肯，说是能用。

我多希望有个彩屏手机，这样我和爸爸就可以互相发照片了，多酷啊。

我也想不清，我妈那么节约是为了啥。她在银行工作，工资也不低。而且，就我爸的收入来说，她待在家里做阔太太也可以啊。

也许这就是代沟吧，我想。

还好，生病没有影响到我的考试，凭着语文和英语两科成绩的高分，我终于勉勉强强地挤进了八强，没有对老爸食言。不过，我没想到的是，鱼头虽然也病了一场，还有两天没来上课，却还是稳坐头把交椅，这让我对他有些刮目相看。不过小人不能得志，成绩一张榜，他又张扬起来，开始准备一周后的竞选演说，一副班头职位非他莫属的样子。

花蕾落到三十名之后，连说话的心情都没有。我舍命陪君子，和她一起在冷风里缩着脖子散步，安慰她说："三十年河西，三十年河东，期末考试就轮到你出风头了。"

"我是不是很笨？"花蕾说，"我真的尽力了。"

"对得起自己就行了，结果不是那么重要的。"

"小引，我真羡慕你，我要是有你一半的聪明就好了。我知道自己又笨又胆小，又没有个性，真的是失败。"她越说越没自信，声音和头一起低下去。

"别这样嘛。"我搂搂她的肩，"你今天这件衣服挺漂亮的，人要高兴一点才可以配得上这么漂亮的衣服呀。"

"真的？"她立刻转忧为喜，"我相信你的眼光，你要是说漂亮，一定是真的漂亮！"

"漂亮！漂亮！"我连声说。

花蕾却像没听见，拼命捅起我的胳膊来："小引，你快看你快看！"

我顺着她的手指看过去，竟是鱼头和杜菲菲。他们远远地站在操场那边说着什么，不过看杜菲菲的脸色，她好像并没有感到不耐烦什么的。

"鱼头终于如愿了。"花蕾说。

我笑笑："你应该为你的老同桌感到高兴。"

"其实杜菲菲也不是那么像王菲。你没发现她的眼睛没有王菲大，也没有王菲神气吗？"

"你在吃醋呀？"我开玩笑地说。

她的脸却唰地红了。然后，我看到她嘴一撇，眼泪顺着脸颊流了下来。这眼泪流得莫名其妙，我还没来得及问她为什么，也没来得及安慰她，她已经撒腿跑得老远了。

当我回到教室的时候，她已经擦干了眼泪，好像根本就没有哭过。见到我，对着我不好意思地笑笑，然后递过来一张带着温度的小纸条。我拆开，上面写着："我没考好所以心情不好，请你忘了刚才的事，也不要跟别人说，好吗？"

这个花蕾，活得真是累，我会去跟谁说呢？我才没那么无聊！不过，我还是回了她一张字条："你快乐所以我快乐，开心些！"

她看了，转过头来，唰着大嘴冲我笑，傻傻的。

就在这时，鱼头也进来了，他刚一坐下，就从书包里抽出两张皱巴巴的稿纸冲着花蕾的后脑勺喊："小辫子！"

我就知道他有事要求花蕾了，因为只有这时候他才会叫她小辫子。

果不其然，他扬着手里的两张破纸说："这是我的竞选演说稿，你晚上替我把它打印出来！"

"你有没有搞错！"我替花蕾打抱不平，"人家又不是你的秘书！"

"我愿意！"花蕾却一把将演说稿抢过去说，"我再替黄多备一份，我想他一定愿意出高价来购买的哦。"

黄多就是我们的现任班长，那个得过很多奖的小子。不过我也不喜欢他，班会课上发言的时候一套一套的全是官腔。我反正不喜欢装模作样的男生，像大D那样朴实的阳光男孩，在这所学校里看来是甭想遇到了。

"你敢！"鱼头威胁花蕾说，"小心我再剪掉你小辫儿！"

"十块钱。"花蕾说。

"还我。"鱼头凶巴巴的。

"五块。"花蕾掉价掉得飞快。

"还我还我！"鱼头更是无所谓起来。

花蕾却一把将稿纸塞进了书包："不还了，看你到那天怎么讲，哼！"

鱼头却也不急，拍拍胸口说："我都记住了，让你替我打印下来不过是想上台的时候好看一些，正式一些嘛！"

晚上的时候，我接到花蕾的电话，她兴奋地说："鱼头的竞选稿写得真是不错，他说要提高全班同学的凝聚力，就一定要多搞活动，比如拔河比赛、军训、文艺演出……还有，要取消每次考试排名次这种落后的做法，给大家充分的机会展示各自的综合能力……"

花蕾一说起来就滔滔不绝，我忍不住打断她："喂，你不会是真的在替他打字吧？"

"我……看在这么好的演讲稿上，我就免费替他打一次啦。"花蕾说，"你信不信，他这样讲，大家一定都投他的票！"

"我就不投！"我没好气地说。

"小引！"花蕾说，"你对鱼头有偏见呢。"

"好好好。"我说，"祝你打字愉快！"

"小引！难道你不觉得我们班现在太死气沉沉了吗？我真的觉得鱼头的很多想法很有建设性，他这个人有时是很坏，不过真的够聪明哦。"

"花蕾，你该不是喜欢上鱼头了吧？"我忍无可忍，脱口而出。

电话那端沉默了，传来的是尴尬的电流声。很久，才传来花蕾近乎虚弱的声音："小引，我也想知道……"

我的天。

这是一个我不愿意再继续的话题，简直不知道该说什么才好，只好用最老土的办法岔开话题："明天，明天是不是要考数学？"

"才考完试，怎么会又考试？我看你是考晕啦。再见吧，我好累，要睡啦。"花蕾好像比我更不愿意说下去，在千分之一秒内挂掉了电话。

竞选如期举行了。

这时已经快接近元旦，新年的气氛开始悄悄地在校园里传播开来。

生活委员每天都会从传达室抱来一大堆的贺卡，然后再分发到每个人的手里。

我也收到了很多来自初中同学的贺卡，看来他们都很想念我，这等好人缘让我心里多少有些乱得意。只是，还没有收到大D的，我寻思着他一定要给我一份特殊的礼物，就像我一心一意要找到一张不同寻常的贺卡送给他一样。

我跟花蕾说好了，等下午的竞选结束，我们就一起逛街买贺卡去。

我们班的学生好像都很奇怪，愿意做班干部的并不多。

听说别的班报名的同学差不多占了半数，我们班却只有寥寥数人。看来，大多数的同学都保持着观望的态度，或者还有很多的同学和我一样，对当班干部压根就没有兴趣。当好我的英语课代表，对我来说就已经足够了。

章老师只好在竞选前告诉大家，所有有兴趣和有志向的同学都可以上台演讲，不需要再进行所谓的"资格审查"。希望通过这次竞选杀出几匹"黑马"来，让我们班可以越变越好，成为全年级最优秀的班级。

我感到章老师说这话的时候在看着我，我赶紧低下头去。

竞选中规中矩地进行了，简直没有兴奋点可言。大家的发言都显得过于谨慎或是流于形式。

冷场半天后，终于轮到鱼头了。

他站到讲台上时，我才发现，他原来个子挺高，发型也不错，就是瘦了些，不然，也可以算得上一个差强人意的帅哥。他的发言倒还真的是不错，慷慨激昂，对管理班级所提出的一些建议也算得上可圈可点，不时激起阵阵掌声和欢笑声。

相比之下，现任班头黄多的演说就显得苍白无力多了。他捏着一大摞的稿纸上场，好像准备很充分的样子，可是鱼头的出色表现让他对自己失去信心，匆匆几句就仓促下台了，脸色灰败，表情失落。

我却忽然有些同情他。竞争是残酷无情的，早知道这样，又何必做这短短两三个月的班长呢。那种由高处跌到低处的感觉，我想一定是很难承受的吧。

虽说是这样，可真要让鱼头这种人做班长，我还是一万个不乐意，他也不过是说的比唱的好听罢了。

竞选快要结束的时候，更好玩的事情出现了。

原来就担任生活委员的男生罗宁，却怎么也不肯上台了。

章老师走到他身边动员他，他也不肯，让他说个理由，他冒出了一句让人笑掉大牙的话来："我妈说这个工作太耽误学习了，她不让我再干了！"

大家都笑，笑完了，还是没人愿意上台去争这个吃力不讨好的差事。

就在这个时候，谁也没想到的是，花蕾竟然站起身来，勇敢地走上了台。

花蕾看上去紧张极了，连嘴唇都在哆嗦。不过，她还是很流利地吐出一段话来："我很愿意当生活委员。每天替大家收发信件，我会在第一时间内把你盼望的信亲自送到你手里。我还会和大家一起做好班上的清洁卫生工作，让我们在干净美丽的环境里学习。也许我能力有限，但我相信，我的热情和真心是无限的，我会尽心尽力为大家服务，不会叫苦叫累，希望大家投我一票！"

章老师带头鼓掌，然后是鱼头，然后是大家。

我也朝花蕾竖起了大拇指。她忽然在台上很舒心地笑了起来，笑得真是好看，像一朵不可阻挡而慢慢开放的花，让我第一次惊觉她的美丽。

结果，花蕾居然获得了和鱼头一样的票数，在大家都没留神的时候成了章老师口中的那匹"黑马"，"杀"了大伙儿一个措手不及！

放学后，我和她一起去燕金购物广场买贺卡。花蕾说那里六楼有一家礼品店有最时尚、最有品位的贺卡，包我会满意。在拥挤的公车上，我对花蕾说："想不到你这么勇敢，真是让人刮目相看呢。"

"哪里啊？"花蕾羞涩地说，"我只是在你那里学到一点点勇气而已。"

"真谦虚。"

"小引……"花蕾忽然变得担心，吞吞吐吐好半天才说出口，"你说大家会不会觉得……觉得……我官瘾挺大的？"

"安啦！"我拍拍她，"想那么多干什么，做自己想做的，才够精彩啊！"

"对。"她又灿烂地笑起来，"我终于做了一件自己想做的事情。"

　　燕金是我们这里最大的购物广场，所有时尚和前卫的东西都会在这里抢先登陆。我和花蕾一下车就直往里面冲。一楼大厅里大概又在搞什么促销活动，舞台前挤满了人，促销小姐的声音甜得像糖一样。

　　花蕾拉着我往里冲："走走走，去看看卖的是什么？"

　　"不要那么无聊吧？"我说。

　　"去看看啊。"花蕾说，"这种活动一般都有礼物赠送的，我上次在这里答对一个小问题得了一大瓶洗发水，把我妈给乐坏啦。"

　　我只好勉为其难地跟她挤到台前。原来是在做一个化妆品广告，花蕾指着台上的模特儿对我说："瞧，她多漂亮。"

　　是挺漂亮，很有轮廓的一张脸，健康而白皙的皮肤，我觉得很眼熟，可是我想不起在哪里见过她了。买贺卡心切，我赶紧拉着花蕾走开了，花蕾一边走还一边很花痴地感叹说："看美女真是舒服啊，怎么看怎么顺眼！"

　　"美女太多了，看烂了，有什么稀奇的哦。"

　　"可是刚才那个气质很好，跟你很像呢。"花蕾说。

　　"跟我像？"

　　"是啊，是啊，小引你是美女呢，班花评选一定非你莫属。"

我一拳打到她背上，她嗷嗷地叫起来，惹得路人纷纷侧目，我赶紧跑开，夸张得要命。

花蕾介绍的礼品店有个很好玩的名字，叫"酷吧吧"。而里面的东西，也真的挺酷的，居然还有捉弄人的大便器，你要看了准得三天吃不下饭！贺卡也与众不同，我挑了半天，最后挑到了一张淡蓝色背景的，贺卡上面有一棵树、一只鸟，挺像大 D 上次寄给我的电子贺卡，旁边的小字是：有鸟儿在树梢飞舞，看起来比我们还要孤独。

纸张摸在手里感觉好极了，虽说价格不菲，我还是毫不犹豫地掏钱买下了。看到别的喜欢的，也买了下来。

花蕾咂咂嘴说："你爸爸一定给你不少零花钱吧，瞧你大手大脚的样儿。"

"唉！"我叹气，"除非我爸回家，我手头才会宽松一些，我妈抠得要死。"

花蕾笑了，神秘地说："你看得出来吗？鱼头家其实挺穷的。"

"啊？"我说，"不会吧。"

"他让我打字就是因为他家连电脑都没有。"花蕾说。

"那他爸妈都做什么的？"

"看上去好像也是知识分子。谁知道呢？也许是像你妈一样抠门儿，舍不得用钱吧。"

　　我们一边说一边顺着扶梯往楼下走，快走到大门口的时候，我的肩膀被人重重地拍了一下。

　　我回过头，竟是刚才那个舞台上的模特儿，她冲我挤挤眼："不认得我了？"

　　我是觉得眼熟，可是我真的不记得是谁了。

　　"我姓叶啊。"她说，"我是你爸爸的手下，有一次在你爸爸车上遇到过的。你刚才在台下的时候我就认出你来啦。怎么，你不记得啦？"

　　原来是她。

　　"你怎么会在这里？"我问她。

　　"赚点儿外快啦，不过……"她在唇边竖起一根手指，"可不许把这事儿告诉你爸！"说完，她爽朗地笑了起来。

　　"你真漂亮，用的真是刚才那种护肤品？"花蕾急急地问她。

　　"怎么会？"她又笑起来，"那是做广告的呀。"

　　"那你用什么？"

　　"清水。呵呵。"

　　"那就是天生丽质喽。"花蕾这下反应倒是挺快，马屁拍得叶美女心花怒放。

我只好耸耸肩说："瞧我同学，嘴够甜吧？"

"是够甜的。"叶美女说，"忘了告诉你，我叫叶小弥，弥勒佛的弥。"

花蕾拍掌叫起来："她叫章小引，你叫叶小弥，你们的名字都挺有意思的。"

叶小弥说："章总整日在国外，你一定挺想他的吧。"

"废话。"

花蕾又插嘴："章小引老吹他老爸帅，你给做个证！"

"是挺帅！"叶小弥一边说一边从包里掏出手机，"不信我给你看看。"

那是一款最新的彩屏手机，和爸爸的一模一样，上面真有爸爸的照片，他好像是正在讲话什么的。

我问叶小弥："你怎么会有我爸爸的照片？"

"上次去北京开会我替他拍的。好啦，我要在这里坐车了，下次再见，两个小妹妹！"说完，她收起手机，拦了一辆出租车走掉了。

"你爸爸是挺帅，这个叶小弥也真漂亮。"车子都走了，花蕾还在那里自言自语。不知道为什么，看到爸爸的照片在别的女人的手机里，我心里的滋味真是怪极了。

回到家，还是没收到爸爸的电子邮件，吃饭的时候，隔着一盆热气腾腾的汤，我愣头愣脑地问妈妈："我们家到底有多少存款呀？"

"问这个干什么？"

"我也是家里的一分子啊，我想我有权知道。"

她一定觉得我怪怪的，于是伸出手来摸我是不是又在发烧，我躲开了。

从头到尾

读完一本故事书，

就像从头到尾认识一个人。

其实，蛮难。

——章小引

Chapter Five

凌晨十二点，我缩在床上拨通了老爸的手机。

他吃惊地说："小引，怎么是你？还没睡！"

"睡不着。"我说。

"怎么啦？"

"你一星期都没打个电话、写封邮件，是不是有点不像话呀？"我恶狠狠地质问他。

"哦？哈哈。"爸爸在那边笑起来，"我实在是忙得不可开交啊。不过，是我不对、是我不对，下次一定改！"

他认错倒是快，我也不好说他什么了。

夜色正浓，凉意阵阵袭来，玻璃窗外是一片漆黑的、没有星星的夜空。

隔着那么远的距离，爸爸的声音亲切极了："怎么样？你和妈妈都还好吧？上次你生病可把爸爸急坏了。"

"爸爸！"我低声说，"我挺想你。"

"就回来了。"爸爸说，"乖，在家替我照顾好妈妈。"

"好的。"我说，"妈妈快过生日了，你别忘了。"

"不会的，放心吧。"

"妈妈想要一个彩屏手机。"我自作主张。

"行！"爸爸毫不犹豫地说。

"老爸真好！不过我要跟你说再见了，不然，老妈一定会对着当月的话费单冲着我大喊大叫的！"

"好，再见。晚安。"爸爸对着话筒响亮地吻了一下，挂了电话。

我最终没有提到叶小弥，尽管她手机里的那张爸爸的照片又不讲道理地浮出来扰乱我的心，我还是没有问爸爸关于她的情节。

我也不知道，自己是从什么时候起变成了这样一个疑神疑鬼的家伙。我对自己说，应该相信爸爸，爸爸一直是我的偶像，他怎么可能做出什么不该做的事情呢。

可能是无聊的电视剧看多了吧，我对自己说，这种怀疑简直就是对爸爸的侮辱，不能再继续下去了。

不知道是不是到了年底的缘故，各科的老师都把课程安排得好紧，也不管你能不能接受，先灌了再说。

好不容易盼到星期天，我下定决心要好好轻松一下。

当我缩在沙发上看周星驰的老片子，正笑得气都喘不过来的时候，电话响了。

我接起来，竟是初中班上的同学伊萌，她在电话那头嗲声嗲气地说："章小引，求你办件事啦。"

"说！"我嘴里嚼着饼干。

"你可不可以托你爸替我买一张安七炫的原版 CD《松树》

啊？这边只能买到盗版的，我想要都想疯了。"

"我说怎么会突然想起我呢，原来是有事求我啊，不干不干！"早就知道伊萌是地地道道的安七炫的粉丝，连网名都叫"爱炫"，简直腻得一塌糊涂，于是故意拿捏她开心。

"好小引，漂亮的小引，可爱的小引，最酷的小引，好不好？"

"好好好。"为了保住我的牙，我赶快答应她。

"钱我照给。"她飞快地说。

"我是那么小心眼的人吗？哼！"

"不是啦，你最好啦。大D就说你一定肯！"伊萌开心地说。

"大D？"我有些吃惊。

"你忘了，我现在跟他还在一个班啊，"伊萌说，"就坐在他后面，天天上课踢他的凳子！谁让他老跟我吵嘴来着。"

他还是那么喜欢吵嘴？我的心里有些酸酸的。

"是啊。这小子福气好，同桌是我们班班花，他为了美女，老同学的情面也不顾啊，天天跟我们吵，好讨厌哦。"

"不会吧。"我说，"大D不是那么色的人啊。"

"人都是会变的啦。"伊萌说，"记住我的事呀，事成之后，我一定好好谢你。我还有事要出门啦，Bye（拜拜）！"

放下电话，我到房间里去查看邮箱，邮箱里只有爸爸的一封信，祝我和妈妈周末快乐。我喊妈妈过来看，她说："你怎么了，收到你爸的信好像不开心的样子？"

"没有啦。"我赶紧掩饰说，"我约了花蕾逛街，现在要出去啦。"

"快吃晚饭了，逛什么街？不许去！"

"去书店找本书，很快就回来。"说完，我已经穿好外套站在了大门外，冲着无可奈何的老妈做了一个鬼脸，三步并作两步地跑下楼。

我对妈妈撒了谎，其实我根本就没约花蕾，也压根不想去书店。

我真正想去的是大 D 家。

虽然一下楼，我就开始拼命抵制着内心的这种渴望，可还是身不由己地坐上了开往他家方向的公交汽车。

我以前常去大 D 家，他爸爸妈妈对他管得不严，我们想看好看的碟片或者想玩电子游戏的时候，都会相约着去他家。他有一个很和蔼的妈妈，在大夏天的时候，耐心地替我们几个在家里叽叽喳喳的男生女生做冰粥吃，还笑嘻嘻地递到我们手里，看我们狼吞虎咽地喝下去。

不过，从中考复习最紧张的那段时间算起，我已经有大半年没去过他家了。

我有些犹豫地敲开了他家的门，开门的是他的妈妈，见了我，笑着说："呀，是小引啊，快进来坐！"

"大D呢？"我问。

"他去给同学补课了，也该回来了。你先进来坐！"他妈妈热情地招呼我。

"不用了，我路过这里，顺便来看看他，下次再来吧。"我欲盖弥彰，逃也似的下了楼。被黄昏的冷风一吹，心里真是懊丧到了极点。这个臭大D，居然敢不在家，一定是替他那个漂亮的同桌补课去了吧，色狼！大色狼！！

我在心里这样狠狠地骂过他以后，又狠狠地骂自己：人家是色狼关你什么事，你章小引管得着吗？你是他什么人，你们现在连同学都不是了呢。

就这么想着，眼泪在心里哗啦啦地乱流起来，没出息得要了命。

"章小引！"忽然听到有人喊我的名字，我抬起头来，竟是骑着自行车的大D。他单手握着车把，另一只手拿着两本参考书，脸上一副"你怎么会在这里"的可笑表情。

"是我。"我说，"看什么看！你是不是忘了我长什么样了？"

"嘿嘿。你找我？"他从自行车上跳下来，看上去很高兴的样子，这多多少少让我心里舒服了一些。

"不找。"我说。

"那你干吗来这里？"

"这路是你家的啊？"

我直直地看着他，一定看得他心里发毛了，他问我："呀，你怎么了，脑子短路了？"

说完，立刻把自行车往我面前一挡，人好夸张地跳到车后。

"干什么？"这下轮到我奇怪了。

"怕你动手呀，"他呵呵笑着说，"你说不过就会使九阴白骨爪，我还能不防着点？"

被他这么一说，我心里的气全跑光了，口气也缓和下来："刚才去你家你不在，去哪里了？"

"替同学补课去了。"

"女同学？"

他想了一下，点点头："对，女同学。"

"哦。我跟你同桌三年，你怎么就没做过一次活雷锋？"

"你用得着我？次次考试成绩都比我高，从不拿正眼瞧我，这事儿我还没跟你算账呢！"

"臭大 D 你乱说，我哪有？"被他这么一说，我心里更高兴，不由自主地笑起来。

"好好，没有。"他举起一只手，敲敲他的自行车说，"是我记性不好，冤枉了你老人家。这样吧，我送你回家以示赎罪。"

"我很重的。"我说。

"我正想减肥呢，就怕你不重。"他把书递到我手里，"替我拿好，再坐好，我要开车喽。"

那架势，好像他开的是一辆劳斯莱斯。

不过总的说来，大D的车技还算不错，车子一路平稳地前行。我们都没有说话，他忽然回头递给我一样东西，我一看，是他的手套。

"你骑车你用吧，我不要紧的。"

"我不怕，降温了，小姑娘可不能冻坏了。"他男子汉得要死，我就满心欢喜地接下来。手套很大，还带着他的体温，我戴上，惴惴地感到自己也在不知不觉中不可救药地成了花蕾那样的花痴女生。

公共汽车要跑二十多分钟的路程，大D不到二十分钟就骑到了。在小区的门口，我从后座跳了下来，看到他鼻子上细细的汗珠，在冬天流汗的人看上去总有那么一些古怪。我很想伸手替他擦掉，可是我不敢。

"你找我没啥事吧？"大D问。

"贺卡收到了吗？"

"收到了。"他说，"很漂亮。我现在正在学做 Flash（动画），我会做一个很漂亮的，然后在圣诞节那天发到你邮箱里。"

"谢谢啊。"我说。

"老同学，说什么谢谢。"

我一客气，他也开始不安了，眼光瞟过来瞟过去的。我把手里的手套和他的书一起递给他，他一下子没接稳，东西全掉到地上。我正要骂他笨，眼光却被书里飘出来的一张漫画吸引住了，那是一幅很美的漫画，漫天的雪，红色的小房子，男孩女孩在雪里紧紧地拥抱。

"谁画的？"我问他。

大 D 的神色有些不自然："人家塞到我书里的，我还没来得及看。"

"'人家'是谁？是那个张柏芝吧。"

"什么乱七八糟的。"大 D 把画一把抢过去塞回到书里，"你快回去吧，看样子，没准儿要下雨了。"

我看了他一眼，转身飞快地跑掉了。

晚上的时候，我以为他会打电话，可是他没有打来。我以为他会有信，可是看了好多次邮箱都没有看到。我在纸上画了一个头像写上大 D 的名字，再把他剪得稀烂，以示我心中的愤怒。我被自己的这种愤怒弄得没面子极了，于是又画上一个头像写上我自己的名字再剪得稀烂。

唯一感到庆幸的是，我没有哭。

我是绝对不会为大 D 流一滴眼泪的，不然就丢脸丢到太平洋了。

那几天上课，我整个人都没精打采的。

偏偏那个烦人的鱼头新官上任三把火，第一件事，就是要在元旦的时候举办一场像模像样的"迎新晚会"，天天缠着文娱委员朱朱，要她先拿出最终策划方案来。

朱朱被他缠得没办法了，冲着他大喊大叫："你有完没完啊，我这个单元的物理到现在还一点都没搞懂呢！"

"我来替你补！"鱼头说，"不过我们说好，你今晚一定要拿出方案来！"

"真的？"朱朱喜笑颜开地说，"说话算数！"

鱼头真的替朱朱补物理，花蕾看不下去了，一把将我拉到教室外面，气呼呼地说："其实这个单元的物理我也没弄懂，小引你呢？"

"大概懂了。"我说，"你哪里不懂问鱼头好了，你们是老同学，他能不帮你？"

"男生都是喜新厌旧的。"花蕾说，"我再也不替他做事情！"

"对！"我恶狠狠地说，"男生都是喜新厌旧的！"

"小引，你怎么了？"花蕾奇怪地看我。

"没什么，你说到要做到哦，以后都不要替鱼头做事。"我逗她。

"说着玩的啦。"花蕾开始和我打起太极来，"再说了，他也不会找我替他做事的，找朱朱不也一样的吗？"

"你呀，做不到就说做不到呗，嘴硬！"

事实证明我是对的，这话说了还不到一个小时，鱼头就找花蕾了。"小辫子，有件事找你帮忙！"

我看着花蕾，花蕾艰难地说："我……我这个人很笨的，你最好不要找我做事，当心我帮倒忙呢！"

"这事你一定能做好！"鱼头说，"你到网上找一些智力测验的题目，我们那天晚会上要用的，尽量找难点的，找好后连答案一起给我，切记不要给第二个人看。"说完了，鱼头防备地看我一眼，好像我多感兴趣似的。

"鱼头你真弱智。"我讽刺他，"你是不是还打算在晚会上举行儿歌联唱啊？"

"是个好主意！"鱼头说，"唱流行歌曲不算啥，我们就比赛唱儿歌，那才好玩呢！章小引，我忽然发现你有非一般的智商！"

我白他一眼。

鱼头却好脾气地冲我笑笑。

这根本就不是鱼头的作风，所以我一看就知道他会有鬼主意，赶紧说："你可别找我干啥，我这人最没有文艺细胞！"

"你英语最好，朗诵一首英语诗吧，我都替你找好了，*Happy New Year*（新年快乐），再配上最美的音乐！"他闭起眼，做出一副陶醉的样子说，"多好的创意啊，你一定行的！"

"做梦！"我吐给他两个字。

花蕾笑他说："鱼头啊，你要是能说服章小引，你让我做什么我就做什么，保证不说二话！"

"我干吗要说服她？"鱼头一副无所谓的样子，"她会自愿的。"

我真想把他的文具盒扣到他头上。不过我忍住了，就这样大家都说我挺暴力的了，为了尽量挽回淑女形象，我提醒自己，不到万不得已绝不再轻易动怒。

又上完两堂昏头昏脑的课，终于该放学了。

花蕾伸伸懒腰说："圣诞节快乐！ Merry Christmas ！"

"圣诞节了吗？"我这才惊觉时间飞快，连忙问道，"今天的信拿了没有？"

"拿了。"花蕾说，"没有你盼的。"

"你知道我盼什么？"

"大 D 的喽。"花蕾这丫头有时也鬼精鬼精的。

我赶快解释说："不是啦，是等伊萌的信，她答应我寄好看的糖纸给我的。"

花蕾了然于胸地笑了笑。

回家的时候，天忽然下起雨来，公车站台边全是被突然的雨淋得措手不及的男生女生。

终于来了一辆公交车，我好不容易挤了上去，旁边有人冲着我嘿嘿笑。定神一看，竟是鱼头。他笑嘻嘻地说："我算过我们今天的缘分值了，高达百分之九十六。真灵啊！"

真不要脸，我别过头去不理他。

车上人多，车子摇摇晃晃地往前爬。忽然一个大刹车，我猝不及防地往后一靠，好在鱼头一把扶住了我。他的手用力地捏着我的胳膊，捏得我好疼，我奋力地甩开他，狠狠地白了他一眼。

车上的人都看着他，他却毫无所谓地耸耸肩说："好心没好报喽。"

好不容易等到下车，他却跟着我走了下来，我回头冲他喊道："你神经病啊，跟着我干什么？"

"咦？"他好奇怪地说，"我不可以来这里吗？"

"悉听尊便！"我甩开他，大步大步地往前走，可身后一直有他可恶的脚步声。我可不想让他知道我家住在哪里，忍无可忍地再次停下脚步："你到底要做什么？"

"送你回家。"他说。

"我看你该去疯人院。"

"我没疯，疯人院里又没朋友，干吗去？"他跟我装傻。

"你到底要干什么？"我问他。

"问得好。"他双手一击，"你答应我新年晚会上的诗朗诵，就 OK（可以）啦。"

"明天我就告诉章老师，你再逼我做这些无聊的事情我就转学。"

他大约没想到我这么坚决，脸色变得有些微白。我们就这样对峙了好一会儿，他忽然将手伸进书包里，掏呀掏的，最后掏出一大堆花花绿绿的东西递到我面前说："我听说，你喜欢这个。"

我定神一看，竟是一大把糖纸。那些糖纸看上去年代很久远了，但一张一张都是簇新的，好像从来就没有用过。我惊呆了，轻轻地接了过来。

"20 世纪 70 年代的时候，我妈在糖果厂做工人。这是我在我家的旧书橱里翻到的，我想你一定会喜欢。"

"我不能要。"我递回去给他。

他却不肯接。我一狠心，一把将它们全甩到地上，风一吹，糖纸如蝴蝶一样散落到四面八方。我有些心疼，可是我不能去捡。我怎么可以要鱼头的东西呢，怎么可以差一点被他感动呢？

鱼头开始蹲下去追那些糖纸，他的脚步慌乱而又匆促，生怕会漏掉其中的某一张。我就这样看着他，心里想走，却怎么也挪不动步子。他终于全捡了起来，把它们一张一张地理好，再一次递到我面前："算我送你的圣诞礼物吧，喜欢收集花糖纸的女生，很是与众不同咧。"

我依然没接。

"你接啊，"他说，"接了再扔我会再捡，没关系的，当是多做几次健身操好了。"

我说："你脸皮真的很厚。"

"除了脸皮厚，我不知道该怎么对付你。"他认真地说，"你是我见过的最难对付的女生。"

"过奖了。"我说，"你不是只使了三成功力吗？"

"你真记仇。"他忽然哈哈大笑起来，像个傻里傻气的三岁小孩。"收下吧！"他把糖纸再次往我手里一塞说，"绝版，别的地方再也寻不到了。"

"我不会答应你的，"我说，"不管怎么样，我也不答应。"

"希望你改变主意。"鱼头说，"其实只要每一个人温暖一点，整个班级就会温暖许多。你不觉得我们班现在太冷冰冰了吗？"

说完，鱼头看了我一眼，大步流星地走掉了，留下一个怎么也想不通的我。这个鱼头和开学时的那个鱼头，怎么会完全不同了呢？他那个时候不是唯恐天下不乱地制造种种事端吗？难道真是做了班长的缘故？

回到家里，妈妈正在镜子前涂脂抹粉。哇，这种现象好像不常有，我说："看样子，你好像今晚有约会？"

"聪明！怎么样，这个口红适合我不？"

"老妈你别吓我，你到底搞什么，约了谁？"

"约了你爸爸啊！"妈妈把手里的口红一扔，开心地把我一抱，"你爸爸刚来电话，他今晚回家，参加晚上八点在他们公司举办的圣诞晚会，所有的家属都被邀请参加，我们到会场和你爸爸会面！"

"真的？"我开心坏了，"老爸有没有说给我带了什么圣诞礼物？"

"他回来不就是最好的礼物吗？"妈妈说。

"倒也是。"我说，"我得去挑件漂亮的衣服，老妈你也换上爸爸上次在韩国替你买的那套新衣服，好看！"

"可以考虑！"老妈说，"我还是很有总经理夫人的气质的嘛。"

我哈哈大笑。

她立刻变得很紧张："怎么？没有？"

"那要爸爸说了算！"我跑到房间开了电脑，以最快的速度登录了邮箱，而邮箱里居然是空的！

那个死大D承诺我的Flash，想必早就被他忘到九霄云外，或是寄到那个班花的邮箱里了。

真是气死人了！我下定决心永远不再理他！这个人，就当是作文里写错了的一个形容词，虽是有些舍不得，也只有狠狠心擦掉罢了。

我和妈妈打车到了爸爸的公司。

虽然以前常常从这里路过，但我还是第一次走进来。里面漂亮极了，一楼的会议大厅被布置得喜气洋洋，中间布满了香槟、水果和各种各样的点心。

我们刚进去，就有人过来跟我们打招呼："是章夫人和章小姐吧，章总的飞机晚点一刻钟，我们已经接到他了，他正从机场赶过来。等他一到，我们的晚会就会正式开始，请你们稍坐片刻。"

那人走后，我捏捏妈妈的手臂，轻笑着说："章夫人哇。"

老妈不好意思地笑："怎么会晚点？这么多人等着他，多不好。"

"我爸官再大，也管不了飞机啊。"我说，"老妈，你在这里坐着，我到门口等老爸去。"

大街上灯火通明，来来往往的人脸上都是喜气洋洋的笑容，新的一年毕竟带给人们无数新的希望。我缩着脖子站在那里挺抒情地想着，等到爸爸的车子到来的那一刻，我一定要冲上去，给他一个最热烈的拥抱。

终于等到了，我刚要跑过去，却惊呆了，因为他并不是一个人，和他一起从车里走出来的，竟然是一脸甜美笑容的叶小弥！

我知道

他什么也不会说，

我当然也什么都不会说。

就这样，挺美。

——章小引

Chapter Six

爸爸走过来，拥抱了我，但我还没来得及和他说话，他就被别的人一把拉走了。

只留下叶小弥站在我面前，冲我一笑说："嗨，小引，我们又见面了。"

那么冷的天，她却穿着很漂亮的紫色旗袍，披着一块看上去很昂贵的纯白色的毛披肩，金色的眼影，高绾的长发，美得一塌糊涂。

见我盯着她发愣，她把我一推说："快走啦、快走啦，要开场啦！"

我就这样被她推回大厅，她一边走一边问我："你一个人来的？"

"我妈也在。"我恶作剧地说，"不是说家属都请吗，怎么不见你男朋友？"

"男朋友不算家属。"她咯咯地笑，"再说，我还没有男朋友呢！"

"你要当心。女人太美了不一定好嫁哦。"我笑着，用尽量轻松的口气说，"是你去机场接我爸爸的吗？"

"是。"叶小弥说，"我送一个客户，刚好接到章总。"

"哦。"我指指那边，"瞧，那是我妈，坐在窗下的那个。"

"哇，很有气质呢。"叶小弥点点我的鼻子说，"还有啊，你别吓我，我要是嫁不出去啊，你将来也嫁不出去，谁叫你比我还漂亮呢！"

我讨厌她这种把我当小孩子的动作，把头扭开了。她的恭维我也不喜欢，于是挥手和她道别。

刚走到妈妈身边，她就问我："和你说话的那个女孩子是谁呀？你怎么会认识？"

"爸爸的同事，偶然见过一面。"说完了，我担心地看妈妈一眼，可是她好像什么表情也没有，我暗中祈祷，她可千万不要也看出什么不对劲。

一个韩国的老头儿发完言后，爸爸接着上场讲话了，老爸的风度真是无懈可击，英文、韩文、中文，样样讲得滴水不漏。我由衷地对妈妈说："瞧，我爸多棒！"

"还行。"妈妈挺得意的。

"可是他陪我们的时间太少了。"我转头问妈妈，"老妈，你会不会希望爸爸平凡普通一点，陪我们的时间多一点呢？"

"嘿！都会问这么深奥的问题了！"她并不正面答我。

"说呀，你到底喜欢什么样的爸爸？"我穷追不舍。

妈妈的回答等于没回答，她说："只要是你爸爸，怎么样我都喜欢。"

就在此时，我看到了叶小弥，她站在离爸爸很近的地方，正在用她的手机替爸爸照相。看着她对着我爸爸一阵乱拍，我恨不得冲上前去抢过她的手机踩得稀烂。可是妈妈在身边，这是一个和爸爸团聚的快乐的圣诞夜，我不能破坏这种快乐，我只能忍，忍了再忍。

爸爸终于讲完话，他下了台，向我和妈妈直直走来，走近后，他伸出双臂抱抱妈妈和我说："夫人，闺女，圣诞快乐！想吃什么想喝什么吩咐一声，我来替你们服务！"

"橙汁。"我毫不客气。

"红酒。"老妈浪漫得不行。

"遵命！"爸爸说，"马上就到！"又转头对我说："去，弄点好吃的点心来！"

我拿着盘子去夹小点心，冤家路窄，旁边就是叶小弥。

叶小弥说："女孩子要少吃甜点，不然会胖的哦。"

"那你为什么吃？"

"呵。"她笑了，"我觉得自己不够胖啊。"

"你是不是觉得自己很美？"我问她。

她也许没想到我会问这样的问题，把一个淡红色的花形小蛋糕放到盘子里，说："也许吧，等你长大，你就会明白，美是一种感觉，只忠实于自己，这对女人来说很重要。"

"你为什么要替我爸爸拍照？"我单刀直入地问她。

她微笑着看了我一眼，然后说："你真像我十六岁的时候，一样的敏感多疑，浑身充满斗志。"她根本就不屑再与我过招，说完，端着盘子走开了。可是走了两步她又折了回来，朝我眨眨眼说："或许，我们可以聊聊？"

我跟着她来到一个没人的桌子前坐下，她优雅地往嘴里放进一块蛋糕："其实，你根本不用担心什么，什么也不会发生的。"

"你是不是很喜欢我爸爸？"

"是。"她毫不避讳地说，"优秀的男人，谁都会喜欢。"

"你不觉得自己很无耻吗？"我问她。

"一点也不。"她居然笑起来，笑得我快要疯掉，"小引，第一次见面的时候，我就从你的眼里看到了敌意。其实大可不必，我们可以做好朋友，你要相信我，我不会做那种你想象中的事情。要知道，在你这样的年纪，幻想就足以让你发疯，还是少乱想为妙。"

我恨透了她这种高高在上的语气，仿佛能洞悉我内心一切的该死的骄傲。

我在脸上挤出一抹微笑后对她说："你的披肩真漂亮，能给我看看吗？"

"好。"她随手就取了下来递到我手里。

我以迅雷不及掩耳之势把盘子里的蛋糕倾倒在她的披肩上，蛋糕是巧克力的，我用力一拖，在上面拖出一条粗鲁而难看的线条来，然后我装作惊慌的样子说道："真是对不起，你瞧，我是故意的！"

　　说完，我扬长而去。

　　那晚回到家里，已经近凌晨一点钟。妈妈说爸爸一定很累了，催着他先去洗澡。我进了自己的小屋，妈妈紧跟着走了进来，并关上了门，对我说："我都看到了。"

　　"看到什么了？"我心里一惊。

　　"你故意弄脏人家的披肩。"

　　我低着头不敢说话。

　　"为什么？"妈妈说，"你知不知道你这样很不好！"

　　"我讨厌她。"我说，"她以为自己漂亮，觉得自己了不起。"

　　"她的确漂亮，而且比你有修养。"妈妈说。

　　"你有没有搞错！"我终于脱口而出，"难道你看不出她对爸爸有好感吗？"

　　"那多好，说明你爸爸出色啊！"妈妈云淡风轻。

　　我怀疑我妈脑子出了问题："这种事你怎么可以掉以轻心，你难道一点儿也不感到害怕吗？"

"小引，"妈妈走近我，把手放到我的肩上，"有一天你会明白，爱一个人，就要充分地信任他。爱他，信任他，才会美好。"

"我不懂。"我说。

"买一个披肩赔人家，或者是替人家干洗，随你。总之，自己做的错事，要自己负责。"妈妈的声音温柔而不容拒绝。

说完，她吻了吻我的额头，转身出去了。

我心里乱七八糟的，坐到书桌前打开电脑，登录了邮箱后，发现里面躺着一封信，是大 D 的。

他没有食言，真的送我 Flash 了。

除此之外，还有一封信，大 D 在信里说：原本给你打电话，想要祝你圣诞快乐，可是你不在家。这是我做的第一个 Flash，送给你，希望你会喜欢。

附件的名称叫"花糖纸"。

我迅速地点开它，好像是神秘园的音乐。音乐在夜里空灵地响起，温柔地击中我内心的深处。

大 D 送我的 Flash 很美，画面里，是一张张美丽的花糖纸在不断地翻飞。每一张都是手绘的作品，我一眼就看出，那是大 D 的杰作。

我的眼睛潮湿起来。画这么多张糖纸，做这么漂亮的

Flash，一定花了他不少的时间吧。

画面的最后，跳出来一行小字。

送给小引。

就这样，什么也不用说，挺美。

我用潮湿的眼睛一眨不眨地盯着电脑，看着那些字默默地淡去再重新清晰又再默默地淡去，激动得差一点喘不过气来。

我给大D回了一封信，信上只有五个字：我想我明白。

我没有骗大D，我是真的明白。

这一年，最后的一个晚上，我们班的新年晚会如期举行了，地点在我们学校新装修好的多功能厅。

据说，为了借到这个地点，鱼头在校长面前进行了长达五分钟的慷慨激昂的演说。校长一激动，就吩咐团委老师交出了钥匙，还赞许地拍拍鱼头的肩，还说让他好好干。

不过，我最终也没有答应鱼头表演什么诗朗诵。鱼头在晚会开始的前几分钟，还在不屈不挠地动员我，再次惨遭我的拒绝后，他对我扬扬手里的节目单说："有十五个节目呢，中间还穿插游戏，我就不相信会冷场。"

"祝你成功。"我这句话说得真的是出自真心，不过他一定以为我是在讽刺他。

活动的前半段还算不错，特别是一个男声小合唱，有个男生走调走得不可开交嗓门却最大，笑得我们前仰后合；文娱委员朱朱的独舞在全国获过奖，的确不同凡响，赢得了阵阵掌声；参与智力问答和踩气球游戏的同学也比较踊跃。章老师一直在旁边抱臂微笑。

　　鱼头的脸上是那种得意得要了命的表情。

　　可是快结束的时候，音箱和话筒却突然不合作了，怎么也调试不好，动不动就发出那种可怕的嚣叫。

　　两个本来说好要唱歌的同学可能怕坏了形象，怎么也不肯上台表演了，鱼头最怕的冷场，还是出现了。

　　就在这个时候，花蕾站了起来，她说："我这人最老土，不会唱流行歌曲，给大家唱首童谣吧，我最喜欢的，希望你们快乐。也没有伴奏，大家将就点啦。"说完，花蕾不好意思地笑了。大家赶紧给她热烈的掌声，鱼头最来劲，人都快跳起来了，还冲着她竖大拇指。

　　花蕾站在台上，头轻轻一点，唱出了一首我们都没听过的，却好听得不得了的歌。

　　黑黑的天空低垂

　　亮亮的繁星相随

虫儿飞　虫儿飞

你在思念谁

天上的星星流泪

地上的玫瑰枯萎

冷风吹　冷风吹

只要有你陪

虫儿飞　花儿睡

一双又一对才美

不怕天黑　只怕心碎

不管累不累

也不管东南西北

……

　　大家都被花蕾的歌声深深地吸引，看似笨笨的花蕾掀起了整场晚会的高潮。而我，也从没想过花蕾会有如此纯粹动听的好嗓音，这令我再次对她刮目相看。

　　晚会快要结束的时候，鱼头跳上台，号召我们一起合唱《明天会更好》。这次大家都很愿意，嗓门一个比一个大，鱼头兴奋地在台上指挥，唱到高潮的时候，他的脸色却在一瞬间变灰了，然后，我们眼睁睁地看着他直直地倒了下去。

鱼头被送进了医院。

第二天我们才知道，其实鱼头患有先天性心脏病。

医生曾经断言，他活不过十七岁。

而新年过后，鱼头的十七岁生日就该到来了。

我猛然想起，那次在医院门口撞到鱼头和他的妈妈。那时我以为，他和我一样只是感冒发烧，还暗地里嘲笑过他这点小病居然两天没来上课！

再想起每次体育课长跑，他都是懒洋洋地拖在最后面，让人恨不得狠狠地推他一把。

想起花蕾说他家可能很穷，他常常穿着那套普通的运动服，还有他升高中后才买的那辆新的山地自行车，居然被我用圆规戳了无数个洞。

再想起那一次他死皮赖脸地送我回家，递给我的那把花糖纸，想起他对我说："其实每一个人温暖一点，整个班级就会温暖许多。你不觉得我们班现在太冷冰冰了吗？"

……

章老师说："这么多年来，余俊杰同学从来没有向老师和同学透露过他的病情。昨天，他对我说，他以前做过很多坏事，只是觉得命运对他不公平，所以随心所欲到了极点。直到这半年病情恶化，他才真正体会到生命的可贵和友情的温暖，所以，他一直在很努力很努力地弥补。"

教室里有人发出了嘤嘤的哭声，是花蕾。

这哭声越来越大、越来越大，大到不可收拾的地步，可是没有一个人去劝她。大家都沉默地低着头，谁也不弄出一丁点响声，仿佛在用沉默来保护花蕾的哭声，来体验这一刻以前从没体验过的让人心悸的感觉。

第二天一早，讲台上放了一个红色的捐款箱，上面写着：为余俊杰同学捐款，让年轻的生命再次精彩！

我走过那里，掏出了书包里的五百块钱，那是上次看王菲演唱会时大 D 替我省下来的，我庆幸自己还没来得及花掉它。

因为鱼头，我们班忽然变得空前团结。冬季校运动会，报名的同学踊跃得很。朱朱担任的是运动会的播音员，她利用工作之便对着话筒大声喊道："高一（2）班一定要拿第一，我们拍卖所有的金牌、银牌和铜牌，为我们班鱼头治病，让他早日回到我们中间！请全校的同学都支持我们，献出你们的爱心，挽救一个年轻的生命！"

班上的几个女生抱着捐款箱满体育场乱跑。我亲眼看见有人往箱子里投了一张百元大钞，那个人不是别人，就是杜菲菲。

再看赛场上，我们班的每一个运动员都像杀红了眼的狮子，大家都说，高一（2）班疯了。

"对，我们疯了！"四百米接力赛的时候，看台上的花蕾紧紧地拽着我的胳膊，"疯给他们看，小样儿，我们还拿不了第一了！"

"安静点。"我小声说，"不然真要被当成疯子了。"

她把头靠到我的肩上来："小引，鱼头就要做手术了，你说，他会不会有事？会不会有事？"

"当然不会有，医学这么发达，你放心吧。"我安慰她。

"可是我真的好担心，我怕这样下去我也会得心脏病呢。"

"等鱼头好起来了，你是不是打算告诉他你喜欢他啊？"我故意转到轻松的话题上来。

"怎么会？"花蕾说，"我什么都不会说的。"

"为什么？"

"不为什么，就这样不是挺好吗？"我抱紧了她，这个我曾经一度很看不起的小姑娘，此时却让我觉得，她可爱极了，也伟大极了。

鱼头做手术的前一天。

那天阳光灿烂，章老师带着我们学校所有的捐款和我们几个同学一起去医院看鱼头。

鱼头躺在病床上，看上去很平静，见了花蕾还没忘开玩笑："小辫子，你的小辫子又长了呢。"

花蕾不好意思地躲到我身后。

我轻声说："祝你早日康复，我没有同桌挺孤单。"

"以前，对不起。"鱼头说。

"我早忘了。"

他欣然一笑。

"杜菲菲问你好。"花蕾在我身后伸出脑袋瓜说，"她昨天下午特意来找我，祝你早日康复来着。"

"被人同情也挺好啊。"鱼头笑呵呵地说。

"你别瞎说，我相信她是真心的。"花蕾忽然想起什么似的说，"这下要被剃光头发了吧，我的仇终于要报了。"

我撞撞她，这傻丫头，老是说傻话。

"是呀，是呀。"鱼头摸摸头说，"对了，我喜欢吃炒栗子，你们以后来看我，别忘了给我带炒栗子。"

"医院里不许吃零食！"

"我是说……"说到这儿，鱼头没再说下去了。

我想，我是明白他的意思的，花蕾好像也一下子明白了，她狠狠地揍了鱼头一拳，跑出了病房。

我追出去，花蕾不想让我看到她哭，说是要去洗手间。

我站在洗手间门外等她，却看到一个小朋友正坐在长椅上玩幸运星，就是以前我和大 D 在养老院叠的那种。见我看着她，她冲我甜甜一笑说："姐姐你会叠吗？"

　　"会。"我说，"你叠给谁的呀？"

　　"我奶奶。奶奶生病了，我妈妈说，用我最喜欢的彩纸给奶奶叠上一千只幸运星，奶奶就会好起来的。"

　　我的脑子里闪过一片火光，有主意了！

　　等花蕾走过来，我就拉着花蕾的手打了车直往我家奔去。

　　我把抽屉里我集了十年，一千多张糖纸全翻了出来，然后把它们放到床上。我告诉了花蕾我的想法，花蕾知道后，用颤抖的声音问我："这是你最喜欢的东西啊，你舍得吗？"

　　"等鱼头好起来了，我会让他都还给我的嘛。"我说，"快，我们来叠上一千只！"

　　"就我们俩啊。"花蕾说，"怕是来不及了吧。"

　　我想了想，拿起电话就开打。表妹安安最够意思，说是半小时后带着班上最心灵手巧的姐妹火速赶到。刚好大 D 也打电话给我，听我这么一说，也赶过来了。他笨手笨脚地学了半天还是不会叠，不过他说他可以做服务，替我们泡茶和泡咖啡。

　　花蕾终于看到了大 D，见面的第一句话是："原来大 D

是这个样子的啊。"

"呀，原来花蕾是这个样子的呀。"大 D 学她的口吻，捏着嗓子。

我和花蕾笑得跌到床上。

安安一边飞快地叠着幸运星一边抬头看看大 D，睁着眼睛说："大 D 呀，你长得像《流星花园》里的西门。"

"怎么，我不像道明寺吗？"大 D 一边说一边学道明寺歪着嘴笑。

这回满屋子的人都被他逗乐了。

花蕾悄悄对我说："挺有趣呢，跟鱼头挺像。"

"两回事。"我真不知道花蕾是怎么看的。

妈妈也来帮忙，我悄悄对她说，等我把这件事忙完就抽空去向叶小弥道歉，妈妈欣慰地笑了。

我发现，我老妈其实真的挺有气质的，那种气质，是年轻漂亮的叶小弥身上怎么也找不到的，一想到我之前的穷担心，真是可笑极了。

不知道叠了多久，桌上的玻璃瓶渐渐地被五颜六色的小星星填满。

我站起身来，推开窗想透透气，这才发现，竟然下雪了。

黄昏的天空纯净得不可思议，雪花像被无意撒下的白色鹅毛，纷纷扬扬，奇异甜美。

不知何时，大D走到了我的身后，他说："这该是今年的最后一场雪了，下完后，春天就会来了。"

"是吗？"我回头看他，发现他也正在看我，眼光里有一种让我怦然心动又惊慌失措的东西。

不过，我很快就镇定了下来。

因为我知道，聪明的大D是什么也不会说的。

当然，我也什么都不会说的。

青春如酒，成长正酣。

一切都像大D在送我的Flash中所说的：就这样，挺美。

一点没错。

就这样，挺美。

COLORFUL DAYS

黄 丝 带

YELLOW RIBBON

我们未预料到
所拥有的人生
但还好
前面依然是坦坦大路

The Youth Growth Series

002

001

"再等十分钟！"月月站在人潮汹涌的闹市街头，命令似的对自己说。

头顶上，是那片被郑智化说成文明糟蹋过了的天空，真的一点蓝色也没有，苍白得如同一张病人的脸。倒是街上女孩子们来来去去，她们多数身着喜气洋洋的花裙，给小城抹上了一层重重的流动的色彩。

月月也穿着裙子，灯芯绒的花背带裙，站在人行道旁，像个文静而乖巧的高中女生。

其实月月想了想，自己怎么这么傻呢？

美馨和知明是肯定不会来的了。

谁还会记得七年前那个如同开玩笑一般定下的约定？如果不是自己有记日记的习惯，恐怕也早已忘得一干二净了吧。

可月月仍不愿早早地走开，固执地站着，像等什么，又不像等什么。

人群里，她年少的心情慢慢地展开来，竟令她产生一种舍不得回忆的错觉。

七年了，月月想，原来七年是这么轻松这么容易就过来的，夸张点说，简直就像跑过的一阵烟。

初一下学期，月月家从镇上搬到市里，她也就转学进了美馨他们这个班。

起初，月月又黑又瘦很不起眼，那口不标准的普通话和那件土里土气的小黄花棉袄还总是被人嘲笑。

但月月聪明，只用了半年的时间，便让所有人对她刮目相看，并深深佩服。

月月凭优异的成绩稳稳地坐上了冠军的宝座，也捎带着把原本的第一名美馨挤到了第二，把第二名的知明挤到了第三。还有就是，月月在学校举办的首届即兴演讲比赛中一鸣惊人，夺了第一。

其实，月月从小就是这样的，尽管在镇上长大，看的不多听的也不多，但她总觉得自己跟别人有什么不一样。这种感觉很奇特，不是自信，也不是自负，却总伴着月月，使她在最背运的时候，也对未来充满了期待和欢喜。

002

　　到底是怎样和美馨、知明结成"三人党"的，月月也说不清。总之，似乎是从某一天后，三个人突然就开始天天在一起了。

　　怎么形容呢？套句老话，就像亲姐妹一般。

　　那时，月月她们就读的学校紧临市公园，好多学生上学放学都会选择穿过公园，这样的话，便能节约一半的路程。

　　月月她们三个也一样，然而，三个人只买了一张月票。偶尔遇到查票严时，多半是美馨先进去，美馨进去后，会跑到那边门卫看不到的高墙边，把月票扔出来，再让月月进去，最后才进去的，是知明。

　　至于另两张月票的钱？被她们用来贴补做零花儿了。

　　那时，她们三个在校园里挺受瞩目的，都知道她们三人成绩好，又是好朋友。老师也常拿她们做"近朱者赤，近墨者黑"的最佳说明，谁能想到，一切会像如今这样呢？

　　天色渐渐灰了下来，身边的人一个又一个匆匆地擦肩而过，然而人群中没有美馨，也没有知明。

虽然这个结果本在自己的预料之中，但月月还是忍不住想掉泪。

七年前，也是这个日子，也是这么一个黄昏。

那个黄昏，她们三个一起逛街，路过这个街头时，知明突然问："十年后不知我们会是什么样呢？"

美馨愣了半天，说："干脆十年后，就在这儿，就在这时，让我们重聚一次，好吗？"

"十年太长了，说不定人都老了，七年吧，七年应该有眉目了。"月月提议。

于是，三人便在这样的情境下，嘻嘻哈哈地订下了七年后不见不散的约会。说是嘻嘻哈哈，却又实在显得有些庄重。毕竟，对年少的她们而言，想象七年后确实充满了诱惑力，让人心驰神往。

是啊，谁都想知道，七年后的自己，究竟会是什么样呢。

如今，似乎只有月月一个人记得，也只有她一个人来圆梦了。

回师专去吧。今晚还有师范技能训练，月月刚起身要走，却又想到了什么，取下头上系着的黄丝带，然后走到人行道边的栏杆旁，顺手系了上去。

没有风，黄丝带飘不起来，低低地垂着，像垂着一片深深的遗憾。

月月转身离开，没有回头。

美馨狠狠地批评完两个逃课的学生以后，疲惫地坐在办公室里。

现在的小孩可真是无法无天，明明也就是小学二年级的孩子，却总有本事弄得家长老师晕头转向的。

办公室里空荡荡的，只剩美馨一个了，谁还会傻到像她一样，这么晚了还在办公室呢？

直到现在，有时候美馨还是反应不过来。

她也有些搞不清楚了，自己到底是如何就这样莫名其妙地当了老师，又是如何坚持站了一年多讲台？

回忆总能穿过重重时光，给人以答案。

美馨不免又想起来，当初，若不是家庭经济不好，她才不会退而求其次地选择了中师。如果能重新选择，说不定，现在自己一定是申报了某所大学，继续自己的学生生涯。

美馨时常觉得，还是念书好。哪怕像月月一样，就算去了一所最末等的大学就读，也比早参加工作强。

至少，不会像她现在一样，在这所城郊的小学混饭吃。

之所以说是"混饭吃"，是因为美馨就职的学校，既没名望也没钱。美馨倒也不是介意名望与钱，这点职业道德她还是有的。

美馨不能理解的是，这所学校的所有师生，仿佛都是在搭伙混日子，且心照不宣。

这和美馨想的一点也不一样。

起初上任时，美馨斗志昂扬，暗暗在心里想，就职后，她一定要做个温柔可人的"班妈妈"。

那时，美馨一直都将"师者，所以传道受业解惑也"这句古训记在心里。她明白，自己接受教育，而后成为老师，为的不过是传授道理、教授学业、解答疑难问题。

奈何事与愿违，班里的学生似乎都铁了心跟她对着干，几乎油盐不进，那会儿她也实在没有什么经验，时常被气得哭鼻子。

美馨觉得韩愈老先生肯定没经历过自己正在经历的，否则，为何没有人能解答自己的疑惑。

"班妈妈"是没办法做了。美馨只好开始效仿学校的其他老师，对那些顽劣的学生进行体罚。

没想到，这一招还挺有用，且用上了便再也丢不掉了。

虽然美馨时常也会因此而自责，但转念一想，温柔无用，她也实属被逼，待到那些孩子长大了，会明白她的苦心的。

　　久而久之，学校里谁都知道，那个看上去美丽温柔的程美馨老师会打人，而且会打得很凶。

004

"日子可真不是人过的。"知明咕哝着骂了一句，然后说，"去湖边好吗？好久没去了。"

对于知明的这个提议，大家都没有异议。于是，三个人便手挽着手摇摇晃晃地朝湖边走去，像是负担着什么一样。

"真报中师？"知明问美馨。

"是我不好，是我背叛了你们。月月，知明，你们当了大学生可别忘了我。"美馨可怜巴巴地说。

"别说得那么严重。"月月安慰她，"总有一天，我们还会在一起。"

"我妈说了，考不上重点的话，就只能让我去上技校。"知明也苦着脸宣布了这一消息。

"好了好了，不说这些了。"月月从书包里拿出一本薄薄的英汉对照的读物来，"不如我给你们朗诵一个故事吧，《老橡树上的黄丝带》，你们一定会喜欢的。"

美馨和知明都不清楚，她们到底是何时爱上月月朗诵的。

哪怕是听过千百遍的故事，一旦听到它们从月月的口中温柔地诵读出来时，心中仍会觉得愉悦。

黄丝带的故事着实简单，却又感人。

故事的主人公是一名罪犯。

罪犯服刑结束，准备出狱，却担心妻子不愿再让他回家。于是，这名罪犯左思右想后，给妻子写了一封信。

他在信中同妻子说，如果妻子仍期望他归来，就请妻子在家门前的老橡树上拴上一条黄丝带。同时，他也告诉妻子，如果见不到黄丝带，那么他将不再打扰，准备背井离乡到处流浪。

结果，当车子驶近他家时，他竟看到门前的那棵老橡树上，挂了一树的黄丝带。

故事很短，月月却读得极富韵味。

月月诵读后，美馨第一个哭了，知明看着美馨哭也跟着哭了。自然，月月也没能免俗，跟着她们一起哭了起来。三个人就那么紧紧地抱在一起，肆无忌惮地哭了好久。

也不知道为什么那么伤心，反正，肯定不全是为了那个故事。

005

第二天，月月便去买了一条黄丝带。

买回来后，月月直接将黄丝带系在了头发上，然后出发去学校。

等月月到了公园门口时，才发现美馨的头上竟也绑着一条黄丝带，和月月买的那条一模一样。知明是短发，却也买了一条来，虽然未像她们那样绑在头上，但知明将它轻轻地叠好放到了文具盒里，就这样天天带着它。

随着中考越来越近，黄丝带在她们三个中间，渐渐成为一种只可意会不可言传的象征。特别是月月，迷信极了，哪怕每天上学再忙，也要把它系好，再拉得紧紧的，仿佛只要黄丝带一掉下来，自己的未来也会随之坠落似的。

那样的年纪，总有些微妙的感觉，不可说也不可解释。

直到拿到重点中学的录取通知书时，月月才长长地舒了一口气，取下黄丝带，将它放进十六岁的那本空白日记里，希望它能保佑自己在试卷上填写的内容都是正确的，前程灿烂辉煌。

三年后，美馨和知明送月月走进师专的女生寝室时，还在想，虽说月月就读师专是意料之外，但再想想，也实在是在情理之中。

高考前，美馨和知明也紧张了一阵子，提前十天开始，就天天给月月寄贺卡，而贺卡上的祝词，总是"心想事成""一帆风顺"之类的话。

是为月月送上祝愿，也是为自己。

她们心中所想一致，希望这些祝福能帮着月月挤出小城，再挤进一道更窄的门里去。

就这样，三个人的梦，全都集中在月月一个人身上。

可考完后，月月便躲起来了，怎么也不愿见她俩。

美馨胆小，怕月月自杀，便拉着知明一起到月月家里守着，不停地唤她的名字，再说一些"天无绝人之路"之类的话。

好久好久，月月才把门打开，又哭又笑地望着她们说："放心，没那么容易死的，还有希望。"

当时，知明紧握了一下月月的手，月月冰凉的手心，知明一辈子也不会忘记。

006

　　寝室共住八个女孩，来自全省不同的地方，只有月月是本地人。

　　美馨有离家生活的经验，已经麻利地替月月铺好了床，接着又开始挂上蚊帐。

　　下铺的女孩羡慕地问月月："你们家三姐妹啊？"

　　月月笑着点头，她的笑容总是这样，有点呆呆的，仿佛一块硬硬的冰放了好长时间都化不掉一样。

　　知明知道，月月心里委屈，也不好安慰她，便帮着美馨张罗一切，并叮嘱美馨，千万不要忘了挂张齐秦的海报或照片到墙上去。月月最迷齐秦。

　　送她俩走时，月月很不舍，说自己没集体生活的体验，也不知道能不能和寝室里的人相处好。说完这些，月月又说："今天谢谢了，有朋友就是好，这些事叫爸妈来帮忙多丢人。"

　　美馨挥挥手，说："别送了回去吧。"两人已经走了好远了，又回转过身子，丢下一句话："月月你在哪儿都一样，都是发光的金子。"

月月望着她俩的背影，心中升起一种歉疚的感动。

多好的朋友啊。

月月心想，真不知为何，在人人感叹世态炎凉的今日，自己竟能有幸握住这一份浓浓的真挚，并从年少一直拥有到今天。

"算了，算了！"月月制止自己再想下去。

她不是自怨自艾的人，总相信未来是可以期待的，她没有对自己失望，更不愿美馨和知明对她失望。

美馨把床下那个灰扑扑的箱子拖出来，那是她念书时用的。工作后，好像还一次都没有打开过，可美馨今天却突然很想看看。

箱子里面的东西不多，却是美馨整个少年时代的回忆。她伤感地想，这些与温暖有关的东西，实在应该加倍去珍惜。

007

知明走了好久好久，才发现自己根本毫无目的、无处可去。

结婚？自己压根就没想过啊。知明知道，人一结婚必会变得老气。知明不愿意，她还想尽情享受一下青春呢！可是，她该怎么办？又该怎么对郭炜说自己内心的真实想法？

知明突然就怨恨起郭炜来，好端端的，将她推到惊慌失措、孤立无援的境地里。

或许该去找月月和美馨，可她们理解吗？又会怎样看她呢？知明一想到她们已经那么久不在一起了，就有些气馁。

人都是会变的，她们呢？也变了吗？

起初，知明不去找她们，是怕打搅她们学习。后来，知明不去找她们，是怕自己在她们中间显得老气。

工作后的这两三年，知明觉得自己真的老了很多。

发现自己变老这件事，是知明在某天早晨起床后，睡眼惺忪地照镜子时发现的。

她觉得，她好像有些快要认不出镜子里的那个自己了。

其实知明并不稀罕身上那几百块钱一套的时装，倒是很留恋初中时白衣黑裙的校服，只是没有机会穿了。

　　知明曾在二十岁生日的那天晚上，一个人在房间里，将那套衣服拿出来穿了上去。知明的想法很简单，她希望能通过这套衣服，找回一些十四五岁的感觉。

　　可衣服已经小了，套在身上紧绷绷的，全然没了初中时那份清纯美丽的味道。

　　知明叹口气，将衣服收进衣橱里，心酸地想，自己的少女时代，真的就像小鸟一样一去不回来了。

　　结婚，是万万不可能的。知明坚定地对自己说。

　　直到今天，直到这一刻，知明才猛然明白，原来自己一直是不甘心的。

　　不甘心一辈子就这样无惊无险地过了，像一本乏味的小说。而从前在她的身上所表现出来的乖巧、顺从，那些都只是自己太有孝心的缘故。

　　知明想起一件事，发生在她刚就读初中时，久到在陈旧的记忆里落了灰。

　　但知明知道，无需用力，只需轻轻一吹，这段回忆便又能一切如新。

008

那时，知明尚在读初一，老师让同学们演讲老掉牙的命题作文——"我的理想"。

月月说，她想成为记者，走南闯北；美馨说，她要做一名医生，救死扶伤。

待知明站到讲台上时，她忽然觉得有些无所适从。

知明打从心里觉得，这简直是在为难她，因为，她实在没什么具体的理想。

一直以来，知明心里始终都怀揣着一个理想——她希望，无论将来的自己从事什么行业，都一定要出人头地。

可知明实在说不出口。如果，当下的她站在讲台上，就这么贸然说出心里的这番想法，是足够诚实，但没准儿，会因此而被老师批评。毕竟，在她们那样的年纪，这样的说辞，实在显得有些太过争名夺利。

最终，知明选择了打安全牌。她几乎没怎么过脑子，就开始了自己的演讲。

她说："我的理想，就是希望将来的自己，能成为一名老师，像蜡烛一样，燃烧自己，点亮别人。"

老师站在一旁笑脸盈盈，可知明却在讲台上思绪万千。

知明心中所想的是，毫无疑问，月月和美馨的演讲应该也有表演的成分在。而她们，也必然如自己一般，渴望着将来能有出人头地的一天。这就叫"年少轻狂"吗？可是，为什么现在的生活全然像在演一场从未预料过的戏呢？

路过街头的一个摊位时，知明下意识停下了脚步。

摊位上挂着许多颜色不一的丝带，在这诸多的丝带里，只有一条是黄色的。

一眼望去，特别刺眼。

知明没忍住，伸出手轻轻地拉了一下。

守摊的女孩热情地走到知明面前："黄色的，就剩这一条。折价给你，要不要？"

知明摇摇头，继续漫无目地走在路上。

那女孩不明白，青春里最珍贵的记忆，怎能折价处理呢。

走着走着，知明才发现，原来自己真的是毫无目的，也是真的无处可去。

一时间，她像儿时迷路一样莫名慌乱紧张了起来，竟一下子想不起归家的路。

009

周末，月月刚回到家里，爸爸就拿着一张报纸凑了过来。

爸爸说："你看到没有？市电台在招业余主持人，你最好去试试。如果考上的话，这对你将来的分配也是有好处的。"

"再说吧，"月月将自己重重砸进沙发里，有气无力地说，"我得歇会儿。"

爸爸看了她一眼，一副欲言又止的样子，但最终没再说什么，只是轻轻叹了口气，就走开了。

那一声轻微的叹息，让月月觉得不舒服。

就好像，身上突然少了某个器官似的。

疼。

月月知道，爸妈把自己养大不容易。

月月当然也明白，这么多年来，爸妈一直都在为自己操心，从未停歇，未曾有过抱怨。

从前，他们担心自己的成绩不好，考不上大学；现在，眼见她还算争气，顺利进入大学，可是，他们立刻又有了新的顾虑。

爸妈怕她将来没能分配到一份好工作。

当然，月月心里也非常清楚。就算将来她能分配到一份不错的工作，但爸妈肯定还会滋生出新的顾虑。

担心她不好好工作。

担心她离家太远。

担心她薪水不高。

担心她被人欺负。

……

一切与她有关的风吹草动，都足以让他们乱了分寸。

月月打小就常听老一辈的人讲这样一句话：坏的儿女，是父母的包袱；好的儿女，是父母的包装。

月月当然渴望自己是父母的包装，但似乎，她觉得自己多少有些被当成包袱的嫌疑。

就算爸妈心里没有这样想，她却多少有些这样的感觉。

月月在师专就读期间，做了一年的校播音员。

在学校里，无论是谁提到她易月月，都要赞扬一句：易月月的播音水准，绝对的高。声音清脆悦耳，丝毫不比省电台的差。

可是，对于爸爸刚才所说的省电台招人这件事，月月却是真的一点也提不起兴趣。

　　月月也不知道怎么回事，她总觉得，这段时间的自己，
已经全然不像从前了。

010

从前，月月凡事都喜欢争第一，也总能争到第一。

可自从升上了高中，便开始有一些不一样了。

那年中考，月月以她们学校第一名的成绩，顺利考入省重点高中。

起初，月月还有些沾沾自喜。

可等开学了，她到了新学校，了解了班里的其他同学的入学成绩后，月月才发现，那令她沾沾自喜的入学成绩，在班级里竟然也只是排在第二十七名而已。

但是月月并没有为此泄气，她还是笃定地觉得，自己和别人有什么不一样。

她相信这一点，而且是深信不疑。

可是，一个学期下来，月月专心攻读用功温书，最后成绩出来时，她只排在可怜巴巴的第十名。

这个名次，让月月彻底告别了从前那种高高在上的骄傲感和满足感。

唯一还能使月月保持自信的，是她的作文，仍是全班最好的。

语文老师极喜欢她，把她的作文推荐给全国各地的刊物。不久后，就真的有两三篇文章被杂志顺利选用，没多久，文章就刊登了出来。

到了这时，月月似乎才终于在这所人才济济的学校里站住了脚，并慢慢变得小有"名气"起来。

不过，紧接着，月月就受到了狠狠的打击。

那天上数学课，也不知怎么的，月月就走了神。她在一张草稿纸上胡涂乱画着。

不巧，这一幕，恰好被数学老师看见了。原本正在讲课的数学老师，停下了正在讲解的题，连名带姓地叫道："易月月同学！请注意听讲。数学也是很重要的，不要整天只知道写一些朦胧诗、朦胧文的，小心哪天朦胧出事儿来！"

全班哄堂大笑。

月月想哭，却没有泪，绷起脸来定定地望着老师以示反抗。当时，她真是气得要死，觉得自己什么都能忍，唯独不能忍的是，自尊被伤害。

那天，她在日记里写："士可杀不可辱！"

现在，月月倒是能想得很明白了。

自进了师专后，月月最想再见到的人，就是数学老师。

当老师太难了，她甚至都不敢去想，将来自己成为老师后会是什么样子。

美馨不都开始体罚学生了吗？

真的是不敢想。

再说那老师也说得对，后来不真的是"出事"了吗？

011

这个"出事"，指的是陈歌的出现。

陈歌，月月无数美丽少女梦的最好注释。

直到现在，月月还是觉得，陈歌是一个优秀的男孩。

月月还记得第一次见到陈歌，是在姐姐同学的生日聚会上。

月月从一面镜子里看了他第一眼，便呆了——梦想中穿黑衣服的男孩。

陈歌发现她在看自己时，笑了一下，朝着她走过来："你叫什么名字？"

月月惊慌失措，十七岁的世界从此天翻地覆。

然而，故事开始得简单，结束得更简单，一点也不像小说中描绘得那样曲折动人。月月并不知道，是不是这个简单的故事错乱了她的一生。但是她已经不敢像以前那样，总是胸有成竹地计划自己的将来。

命运成为一个彻彻底底扑朔迷离的话题。

月月又想起，几天前，她在街头偶遇了初中班主任。

当时老师笑着问她："月月一定过得好吧？在做什么呢。"

月月支吾地回答："念师专了。"

她清楚地记得，老师的笑容在日光下僵滞了一两秒钟，很快便说："不错不错，大学生嘛。"

其实，月月挺能理解老师脸上僵了的笑容，毕竟自己曾是一个令老师倍觉骄傲的学生。

后来，老师又问起了美馨和知明。月月没好意思告诉老师，她们也好久未见，只回答老师："一切都好，以后有空的话，一定约上她们一块儿去看老师。"

老师临走前，拍了拍月月的肩膀："怎么？你看上去可不像以前那么有朝气了！如果我没记错的话，你应该才刚刚二十岁过一点点吧？该加油往前跑才对！"

月月点点头，她知道老师是真心鼓励她，可那句话怎么听起来都像安慰。

在沙发上坐得太久了，月月突然感到有些疲倦，她站起身来伸了个懒腰。有细碎的声音从开着的窗子传进来。

起初，月月以为是自己坐久了，产生了幻觉。可当她走到窗前，将身子微微探出去的时候，那声音逐渐变得清晰起来。

那是月月无比钟爱的一首老歌。

在那金色沙滩上

洒着银色的月光

寻找往事踪影

往事踪影迷茫

……

我骑在马上

箭一样地飞翔

飞呀飞呀我的马

朝着她去的方向

……

012

直至现在，月月仍记得第一次听这首歌时的所有细节。

那是高中二年级的最后一天，当知明和美馨将她从天涯歌舞城中那个豪华的舞厅拽出来时，月月留意了陈歌一眼，他站在台上，正唱着这首歌。

知明把一塌糊涂的成绩通知单递到她手里，气呼呼地说："自己看吧，三十九名，还是我们替你去拿的。"

月月站在大理石地板上，低着头，什么也不说。

陈歌动人的歌声又传了过来。

在那金色沙滩上

洒着银色的月光

……

"月月——"美馨大声喊，然后低声说，"不要让我们也瞧不起你。"

月月抬起头来，眼泪夺眶而出。

月月，一辈子最怕被别人瞧不起的月月，在那一瞬间总算明白，自己得到的和失去的太不成比例了。

看来，真的只有结束这个十七岁的故事了。

这个简单的、连手也没碰过，却可能影响她一生的"爱情故事"。

而她和陈歌，只有在银色的月光下，永远告别。

只能寻找往事踪影，任往事踪影迷茫。

就在月月沉思之际，听到了爸爸的声音："月月，吃饭了。"

她从回忆中走出，突然发现，如今再忆起这些事，自己已能做到心平气和了。

或许，是因为今天偶然听到这首歌；又或许，是因为她当下的年纪，已能承受一点点后悔？

不重要了。

月月在这一刻，清楚明白了一件事，她永远也回不到十七岁了。

所以，她的确没有理由再去空设想，更不必再想着什么如果一切能重来……但是，月月又明白：这个世界，永远有女孩十七岁。

她觉得，自己应该告诉她们点什么。

要告诉她们的，一定不是从课本中习得，也不是从小说
里读到的。

013

知明停薪留职了。

月月和美馨得知这一消息后，都大吃一惊。

公园的湖边一如往年宁静，仿佛时间并未流逝，若不是边角处新建的凉亭提醒，她们还恍然以为自己仍是当初那三个小小的姑娘。

三人走至凉亭，坐了下来，一人泡上一杯浓浓的茶。

茶叶在沸水里慢慢舒卷、展开，淡淡香味缓缓弥漫上来。三人一时沉默，竟都不知道说些什么好。

月月却想起一件事来。

那天黄昏，她在街头傻傻等待，还有那条被她遗留在人行道栏杆上的黄丝带。

其实，月月很想问问她们那天为什么失约，最后还是忍住了。

何必呢？好不容易才聚到一块，就将那所谓遗憾，悄悄压下来，暂留给自己吧。

"我知道你们肯定很好奇。"知明率先打破沉默,"我哥在海口工作三年多了,他一直鼓励我也过去试试看,哪怕撞得头破血流也好,他希望我能真正体现自己的价值。可我却总有顾虑。一来,我总觉得自己只是个技校生;二来,我确实对那份感情很留恋。"

"那你这次为什么这么快就做了决定呢?"美馨问。

"还不是郭炜,非要跟我结婚。"知明笑了,"那一刻,我才发现,属于我的青春已经短得不能再短了。以前吧,我总想着,光宗耀祖的任务,我哥已完成了。他留给我的,也只剩下孝顺了。现在呢,忽然觉得对不起自己。你们说,为什么十五六岁的时候,我就不明白这一点呢?"

"我和你一样。"美馨接过话,"能走到今天这一步,我已经付出了很多,也足够努力,该满足了。我也是才意识到,一直努力,一直付出,却忘了原来我还可以让自己活得更精彩!或许是因为现在的工作环境还不错,所以才会比较随遇而安,变得缺少斗志。可是有时候转念一想,我不过才二十岁呀!"

"干吗呢?我们怎么像是在开自我检讨会似的!"月月笑着说。

月月叹了口气,继续说道:"要我说呀,我是真的不明白。

你们说，为什么直到今天我们才真正意识到，其实我们面前曾有过无数条的路？可能是当时我们年少，为自己精心选好了其中一条，还固执地认为它是向阳的。直到有一天，被命运的手掌那么轻轻一推，也只能身不由己踏上了另一条路。于是我们走得很慢很慢，甚至偶尔会希望能回到起点，可以重新开始，却连发自内心的微笑都不会了。"

014

放学了，公园涌来一群一群的中学生。穿过公园，就是回家的路。

月月、美馨和知明三人站在湖边。不远处，是结伴而行的女生们，她们身着彩裙，长发上系着各色丝带，也有男生勾肩搭背，更有骑着自行车飞驰而过的少年，如风一般从她们三人眼前飘过。

这一幕，惹得她们心中万分感慨。

不知道在他们之中，会不会也有三个人只买一张月票的调皮鬼？

也不知道，他们又会不会因为一个伤感的故事抱头痛哭，让黄丝带那样的故事来装点自己成长的梦。

但至少有一件事，无论月月、美馨，还是知明，她们都深深相信，且深信不疑。

她们都是要长大的。

也许等到将来的某一天，她们才会发现，发现其实自己只是一个平平凡凡的人。她们如这个世界大多数的平凡人一样，将会迎来和年少时所想的大相径庭的生活。

只愿到那个时候，她们能坦然接受，并能为自己曾拥有一场从未虚度的青春而倍觉骄傲。

又是一个夏日的黄昏，金色阳光铺天盖地地洒落下来。

三个女孩手挽手走在大街上，很快就淹没在人潮。

谁也不知道她们的将来会是怎样的，就连她们自己也无法预料。

她们十四岁时，青春是梦的翅膀，她们幻想过未来，但成长至今，自己真正所拥有的人生，却是未能预料到的。

但她们依然满心欢喜，前面依然是坦坦大路。

欢喜，是为那大路前方的太阳，也为了那昭示着祝福和喜悦的飘舞的黄丝带。

青春是公平的，我们每个人都拥有。

悲也好，喜也好，让我们充满信心地往前走。

无论月月，无论知明，无论美馨。

COLORFUL DAYS

没什么大不了

A LITTLE THING

The Youth Growth Series

勇敢面对
没有什么大不了的事

001

　　我和西西漫无目的地走在黄昏里。　　.

　　这是我们逃学的第一天，也是离家出走的第一天。

　　我们从城东走到城西，又从城西走到城东，就这么走到了现在，脚都快走歪了，肚子也饿得咕咕直叫。

　　此时是深冬，细雨绵绵，西西倚在我的身上，气若游丝地对我说："小麦，说什么我也不能回家，我一回家就会死掉的。"

　　"好好好。"我搂着她的肩膀说，"我们不回家。"

　　西西缩缩脖子，有些惊慌失措："听说，最近这里老有人抢东西，开着摩托车从你身边过，唰一下你身上的包就被带走了呢！"

　　"带走就带走呗。"我说，"我们只有书包，书包里又没有钱，被抢走了正好有理由不上学。"

　　"对啊。"西西绝望地说，"反正走到哪里，都是死路一条。"

我呵呵笑着挽紧了西西，安慰她："不是有句老话吗？没有翻不过去的山，没有蹚不过去的河嘛！"

　　"那我们今晚去哪里？"和我比较起来，还是西西比较现实。

　　"网吧啊。"我毫不犹豫地说，"我早就想好啦。"

　　"拜托！"西西苦着脸说，"还有比这更烂的主意吗？我现在一听到'网'这个字就头疼。"

　　西西说得一点也没错，我们现在无家可归，还真的都是网络惹的祸。

002

事情和一个叫许仙的男孩有关。

他的真名当然不叫许仙，许仙是他的网名。

至于我和西西嘛，是从小到大的好朋友。为了表现出我们的姐妹情深，我们上网时也总是会去同一个聊天室，我叫"白蛇"，西西叫"青蛇"。

其实，许仙一开始也不叫许仙。自从遇到我们两姐妹后，他就铁了心叫自己许仙了。不过，好在他并不讨厌，而是一个相当有趣的人，他常常在聊天室里给我们讲笑话，把我和西西逗得前俯后仰。

有了我们三个，自然有很多愿意做法海的恶人，常常在聊天室里跟我们打个天昏地暗。每当这时，许仙可不像民间传说中那么懦弱，霹雳棒连环腿，招招致人死命。我和西西只需要在一旁呐喊助威，开心得要了命。

久而久之，我们也就把许仙当成了好朋友，有那么一点点特别的好朋友。同时，许仙也成为我们姐妹俩课余饭后最主要的话题之一。

想想，一个遥遥远远的男孩，令人喜爱，和我们那么心灵相通，可我们却不知道他究竟在哪里，又会是什么样子，还能有比这更刺激的事情吗？

我和西西爱上了玩一个游戏。

那就是在纸上画出关于许仙的漫画，有时是长鼻子，有时是招风耳。当然，更多的时候是酷毙帅呆，画完了嘻嘻哈哈一阵，再一张一张地撕掉，有些傻傻的，但快乐是真的。

许仙当然不知道这些，他甚至连我们是学生这件事都不知道。所以，有时他会在网上给我们送花或是亲吻的表情什么的，每次都弄得我满脸通红。

西西倒很会故作镇定，还回发同样的表情给他，简直没脸没皮得要了命。

下了线后，我也想，网上的游戏嘛，开心就好啦，只要不让我妈知道就行。像我妈那样的老封建，让她知道了，非剥了我的皮不可。

003

　　就像所有的游戏都会有高潮的部分，有一天，许仙突然对我们说，他出差会经过我们的城市，问我们想不想见见他。

　　"想啊想啊！"西西总是这样，大脑里想什么手里就跟着打什么，一点淑女该有的矜持也没有。

　　"那你想见我们吗？"相比之下，我觉得，还是我的回答比较有水平一些。

　　"想。"许仙说，"可是不太方便，我的火车会在凌晨十二点时经过你们那里。接着，我要换乘凌晨五点的车离开。让两位美女在车站的寒风中为我守候，我于心不忍啊。"

　　"想得美。"我断然拒绝，"那当然是万万不可能的。"

　　但是，最后我们还是决定去见许仙，因为他是我们第一个谈得来的网友，而且他经过我们这里，也确实是非常的不容易。最主要的是，他在我和西西的心里，的确是有那么一点点特别。

　　至于是哪里特别呢，我也说不上来。

我对西西说："过了这村怕是没这店了。"

西西的比喻就更加离谱了，她说："就把火车站当成断桥好啦。"

我狠狠地捏她一下，捏得她鬼哭狼嚎。

半夜出门可不是一件容易的事，我和西西苦思冥想后，想出了一个自以为天衣无缝的好主意。

我对妈妈说："西西的爸爸妈妈出差了，我今晚去她家陪她睡。"

而西西呢，则对她的妈妈说："小麦的爸爸妈妈出差了，我今晚去她家陪她睡。"

就这样，我们顺利地从各自的家中溜了出来。

004

那天，我们在火车站附近的一家网吧待着，待到快要半夜十二点的时候，我和西西起身去车站接许仙。

我和西西从来都没有那么晚还在外面不回家的经验，一路上，西西因为害怕，紧紧地拽住我的衣服。

我们在出站口一眼就认出了许仙。

正如他说的一样，他好高好壮啊，许仙穿着一身蓝色的休闲服，背着一个蓝色的大旅行包，见了我们，嘴巴张成了O形。

"小白小青？小青小白？"

我和西西傻傻地点头。

"My God（天啊）！"许仙说，"你们可有十五岁？"

"当然有。"西西笨笨地说，"快十六啦。"

许仙的脸有些微微地红了起来。

看来，他也是一个有点羞涩的男孩，和网上并不太一样呢。他请我们到车站附近的茶坊，落座后，他给我们点了很贵的饮料，很不好意思地说："你们这样出来，回去该挨骂了吧？"

"没事。"我说，"我们有周密的安排。"

"那就好。"许仙松口气说，"我真的太感动了。"

"见到你，我们也很开心啊。"关键时刻，还是西西的嘴比我甜。

那晚我们聊得很开心，虽然许仙比我们大了七岁，但是他并没在我们面前摆出一副大人的姿态，我们就如在网上一样平等。

和许仙告别了好多天后，我和西西还对那晚的种种细节念念不忘，并反复拿出来回味。

可是，自那以后，许仙却在网上消失了。

　　我和西西都搞不明白是怎么一回事，难道他对我们失望了？

　　我和西西一直在网上寻找他，都没有得到他的任何消息。

　　那些日子，我和西西都沮丧透了。

　　没有了许仙的网络，少了许多的精彩，我们发誓不再和任何网友见面。

　　如果不是因为见了许仙，没准他还会和从前一样，在网上和我们聊得开开心心的呢。所以啊，网友见面真是这世界上最无聊、最愚蠢的事情。

　　祸不单行，西西的妈妈在商店里偶遇我妈妈，知道了出差的事纯属子虚乌有。俩人聊完之后，推断出我们居然在外面待了一整夜，这还了得！

　　然而，对此，我和西西实在是没法解释。如果开诚布公地告诉她们，那晚我和西西见网友去了，我估计她们要疯掉。

　　于是，我和西西只好选择了最老土的办法：离家出走。

夜已深了，风冷冷地吹在我们的身上。别看我平时比西西胆子大，其实，我现在和西西一样，早没了主意。

最终，我们还是去了网吧，进了网吧后，身体渐渐回暖，便觉得没那么冷了。

西西掏出五块钱，我们一人买了一包方便面吸溜吸溜地吃起来。

面快吃完的时候，西西眼圈红红地看着我，说："真想我妈做的鱼香肉丝。"

那是个不大的网吧，生意也不怎么好，几乎没有什么人。

网吧的主人，是个年轻的女孩子，她饶有兴趣地看了我和西西一眼说："第一次离家出走吧？"

我和西西不作声，警惕地看着她。

她轻轻笑着说："凭我的经验啊，你们一定是第一次离家出走。"

西西沉不住气地说："你怎么知道？"

"因为你们很紧张啊。"女孩说，"我第一次也是这样的。"

"你也离家出走过？"西西开始像个记者，竟然向她提问了。

"对。"女孩说，"我这辈子做过的最蠢的一件事，就是在我十六岁的时候离家出走。理由很简单，因为我妈妈不肯给我买新裙子。"

"后来呢？"西西接着问。

"后来？当我回家的时候，什么事儿也没有。妈妈一句也没有骂我。"她笑着回答。

"怎么可能？"西西说，"我妈可没你妈那么好说话。"

"很多事情，都是被人自己想复杂的。只要你勇敢地去面对，没什么大不了的。"女孩依旧带着笑，目光灼灼地看着我和西西。

我被她的话震撼到，也开始和她搭话，并把我们和许仙的故事讲给她听。

她笑着说："许仙也许永远也不会再回来了，但我保证，他会一直关注着你们的。在他的心里，你们也永远都会是他的好朋友。"

"太深奥了。"西西说，"这样算什么好朋友。"

女孩说："其实你们应该感到幸运，半夜十二点，两个小姑娘去见网友，竟然没有遇到坏人。"

听她这么一说，我和西西才感到有点后怕了，俩人你看看我、我看看你。

"当然，更庆幸的是遇到我。"女孩又说，"你们叫我小艺姐好了。我劝你们赶紧回家，十五六岁犯点错误没什么，一切都来得及从头开始。相信我。"小艺说到这里，刚好有生意，于是就转身走开了。

过了一会儿，西西突然对我说："小麦，我想我妈妈了。"

"我也想。"我没出息地说，"她那么爱哭，现在找不到我，眼泪可能会把我家的地板都淹了呢。"

"那我们回家好不好？"西西说，"我爸爸要是打我，我就忍住了不哭。"

"如果运气好的话，也许真像小艺说的，什么事都不会有呢。"我安慰她。

我们跟小艺挥手告别，她竟然把五块钱还给了我们，耐心地叮嘱我们记得打车回去。她转身回去的时候，朝我和西西挥了挥手："祝你们好运。"

　　事实证明，当我们勇敢地回到家里，我和西西都只是受到了一点小小的教训就没事了。生活还是和从前一样，太阳照样升起，我们照样上学放学。

　　几天后，我和西西还收到了许仙给我们寄来的邮件。

　　许仙在信中说，其实那天见我们的时候他很吃惊，并且，他也承认自己那晚真的是抱着泡美女的心情和我们见面的。可是，他真的没想到，我和西西的年纪会是那么小，甚至是冒着那么大的危险跟他见面，也正是因为我和西西，让他此前所有肮脏的想法一扫而空。

　　最后，他还跟我们说谢谢，他说，虽然以后再也不会用那个名字上网了，但他会一直关心我们，并把我们当朋友。

　　这一切，和小艺姐的话是那么的相像。

　　我和西西又去了小艺姐那里。可是没想到的是，网吧已经关门，变成了一家五金商店。店主对我们说，网吧生意不好做，所以转让了。

真遗憾，我们竟然没有机会跟小艺姐说声"谢谢"。

不过，我和西西会一直记得她说过的那句话。

只要勇敢地去面对，没什么大不了的。

说得真好，不是吗？

COLORFUL DAYS

春天的
最后一场细雪

SNOWFALL
IN
SPRING

The Youth Growth Series

004

天气总是会热的

001

下雪了。

小意将蓝色的玻璃糖纸放到我的眼前，开心地对我说："细雪姐姐，你看，你看，雪花是蓝色的呢！"

我牵着小意走到窗前，真的看到了蓝色的雪。也看到了妈妈，在漫天飞舞的雪花中，她费劲地拎着好几个袋子，正朝这边走过来。

我埋下头擦眼泪。

小意说："细雪姐姐，你怎么了？"

"窗这边有风。"我对小意说，"我们回床边去。"

小意很乖地点头，她的手软软的绵绵的，捏在手里舒舒服服的。她是我们这里年纪最小的一个病友，不过，她很快就要出院了。

抬起头来时，小意对我说："细雪姐姐，我出院了就可以去上幼儿园了。幼儿园里有陶吧，我可以亲自动手，做自己喜欢的花瓶。"

"是吗？"我说，"姐姐上幼儿园的时候，可没有那么高级的东西玩呢。"

"那你的幼儿园里有什么？"

我想了想后说："有木马。"

"还有什么？"

"还有滑梯。"

"还有呢？"她穷追不舍。

我耸耸肩说："没有了。"

她也耸耸肩："那没意思哦。"

我和她笑作一团。

妈妈就在这个时候走了进来，她的鞋上、肩上、眉毛上全都是雪。我赶紧跳过去帮她擦，再替她接下手里的东西，她连忙闪过身子对我说："躺床上去吧，给护士看见又该挨骂啦。"

"这个时间她不会来的！"小意嘴快地说，"她在接男朋友的电话呢！"

妈妈拍拍小意的小脑袋说："小人精！"

小意很得意地晃开了。

妈妈问我说："细雪，今天感觉怎么样？"

我笑着说："很好啊。妈妈，我想我们可以出院了，在医院里住一天的钱，还不如回家买点好吃的补补！"

"这要医生说了算！"妈妈严肃地说，"你少出主意。"

我吐吐舌头，很乖巧地躺到床上去了。

我翻开床头上的那本《我为歌狂》。这是陈歌借给我看的书，还记得那天他对我说："是本好书哦，我想你一定会喜欢的，里面的歌我都会唱了，等你看完书，我再借 CD 给你听。"

可是书还没看完，我就住院了。

真是病来如山倒啊。

　　陈歌来医院里看过我一次，是我妈妈不在的时间。我躺在那里挂水，他站在那里，我第一次发现他的个子真是高极了。

　　我有些傻傻地问他："医院这么远，公共汽车挤不挤啊？"

　　"挤。"他回答我，然后又说，"不过暖和。"

　　我笑了。

　　他问我："挂水很疼吧。"

　　"不疼。"我说，"就一开始戳的时候疼一小下。"

　　"我不愿意挂水，我宁肯吃药。"说完，他还拍拍胸脯，好像真的很怕挂水的样子。

　　"咱们班好多同学都来看过我了，"我说，"你干吗不和他们一起来？"

　　"干吗要一起来？"他说，"我就要一个人来。"

　　我想我的脸红了。好在他没有看我，他埋着头。

　　我用一只手掖掖被子，生怕他看到我枕头下的那本书。

不知道为什么，我就是不想让他知道我带着他借我的书一起进了医院。

他问我："你什么时候出院呢？你的病不要紧吧？"

"当然不要紧。"我说，"你真是乌鸦嘴！"

"嘿嘿。"他笑笑说，"我是问句吗？不过也不该、也不该！"他一边说一边打了自己的嘴巴两下。

我哈哈大笑，盐水瓶都被我笑得乱颤。

陈歌一把扶住说："不许动！不许动！"

我又笑得喘起来。

陈歌是我的同桌，可能是名字起得好的原因，他的歌唱得特别棒，要是模仿起张学友来，那简直是可以以假乱真的。他来看我，我真的很高兴，可惜护士小姐很快就把他给赶走了，说是过了探视的时间。

陈歌向我挥挥手说："快回来上课吧，我们都等着你。你是文娱委员，没有你，元旦会演的事可就要泡汤了。"

我朝他点点头，他大步地远去了。

护士小姐看看我，再看看他的背影，一副洞察一切的样子。

我知道，她肯定在心里黑暗地乱想，于是扭过头不看她，却又听到她嘀嘀咕咕地说："你说，这男孩子高高大大的，是故意那样走路呢，还是腿本身有点跛？"

我赶紧起身看一下，好在陈歌走远了，他没听见。

003

　　我知道，陈歌最怕的，就是别人说他跛。

　　他的确是有点跛。不过，不仔细看，不怎么看得出来。

　　我觉得陈歌是个很有趣的男生。可是在我们班上，喜欢陈歌的人并不多，大家都觉得他脾气有点怪。

　　跟我成为同桌前，陈歌的同桌是伍莎莎，伍莎莎很不喜欢他，骂他"跛猪"。可是伍莎莎也没讨到什么便宜，三天两头被陈歌气得哭一回，所以老师才让我跟伍莎莎换了位子。

　　换就换，我怕谁。

　　同桌的第一天，他甩钢笔，把墨水甩到了我的衬衫上，我硬是咬着牙一个字也没说。

　　第二天一早下雨，我的凳子上全是泥水，不用说，一定是他弄的。我也没说一个字，自己擦了擦坐下了。

　　第三天一整天都相安无事，放学后我到车棚里推自行车的时候，却发现气门芯被拔掉了。自行车歪歪倒倒像个伤兵一样靠着一根柱子。

他正远远地站在操场边嚼着口香糖等着看热闹。

我推着车装作若无其事地经过他的身旁。

我在离校门口不远处的修理铺借了打气筒，正当我打气的时候，他骑着车晃悠悠地过来了，看看我，想说什么，但最终什么也没说，车子飞快地远去了。

我知道，陈歌就是想要看我跟伍莎莎那样哭鼻子，我才不会让他遂心。

这一招，叫以德服人。

电视剧里学的。

他真的没兴趣再捉弄我了。不过，我们依旧不说话。

有一天，上学的时候还是大太阳，放学的时候却下起雨来，雨虽不算大，但足以淋湿头发和衣服。我没有带雨衣，只能冒着雨慌里慌张地骑着自行车回家。

骑到半路上的时候，车篓子里"啪"地落进来一样东西，吓我一大跳，等我看清楚是雨衣的时候，陈歌已经骑得老远了。

第二天一早的时候，我把雨衣还给他，跟他说谢谢。

他轻描淡写地说："不用谢啊，小女生一淋雨就会感冒的。"男子汉得要死。

那之后，我们成为了朋友。

004

陈歌总是说，我和班上那些娇滴滴的女生不同。

其实，我也觉得他和我们班那些懒洋洋的男生不同。

我喜欢看陈歌打球，他打球的时候身手很矫健，一点也看不出他的腿有问题。渐渐地，我们无话不谈，就连他爸爸和妈妈吵嘴的事，他都会告诉我。

不过，我一直没有问他的脚到底是怎么一回事。如果他不想说，我当然就不会问。

伍莎莎在私下里问我是如何收服陈歌的，我说："别用'收服'这个词好吗？朋友应该是要真诚以待的吧。"

伍莎莎"呸"了我一声，然后大惊小怪地说："叶细雪啊，你该不是爱上一个跛子了吧？"

我把脸板起来。

伍莎莎知道我是真的生气了，她叹着气走开了。

流言蜚语处处都是，可是我不在乎，陈歌也不在乎。

我们在课间一起玩纸飞机，飞机从黑板上一滑而过出了教室的门。陈歌奔出去捡，伍莎莎和几个男生在后面喊："跛猪加油！跛猪加油！跛猪加油！"

我跑到讲台上，用老师的教鞭把课桌打得"咣咣"响，很凶地说："谁再乱喊，谁再乱喊我扁谁！"

全班鸦雀无声。伍莎莎狠狠地瞪我一眼，我也看着她，她先调开了头。

上课的时候，陈歌低声对我说："其实你不必这样做的，我早就习惯了。"

"没什么，我只是觉得同学之间应该互相尊重。"

"谢谢你，叶细雪。"他很认真。

我微微一笑开始认真听课。那一堂是他最讨厌的英语课，我却意外发现，他没有看课外书，也没有把随身听的耳机塞到耳朵里。

校园的生活，真是蛮有意思的。

可是现在，我却躺在医院里。我反反复复地问妈妈我什么时候可以回去上课，她总是摸摸我的头发让我不要着急，病治好了才可以安心地读书。

可是叫我怎么可以安心呢？

我想念校园里的一切，包括伍莎莎。

这个冬天一直白雪皑皑，睡在病房里，我只能看到一片总是明晃晃的天。

新年过得寂寞极了，连小意也走了。

小意出院的时候依依不舍地拉着我的手，我用糖纸给她叠一颗幸运星，放在她的手掌心里。她甜甜地笑着说："细雪姐姐，等我到幼儿园的陶吧里玩，我要把做的第一个花瓶送给你。"

"好啊。"我说，"我家的电话号码，你记得吗？"

"记得记得！"她拼命点头，跟着妈妈一起走出了病房。

我是在一个星期以后才知道，小意的病根本就治不好了，就是因为根本治不好家里又没有钱，她才会出院的。

我把头埋在被子里哭了整整一个下午。

第二天我拒绝吃药，也不让护士替我打针，甚至推翻了她的小推车。

我对妈妈说我要回家。

妈妈劝我："马上就会做手术，你要配合医生，别做傻事。"

"不不不！"我泪如雨下，一声高过一声地喊，"我只要回家！这样治下去又有什么用呢！"

妈妈没有办法，只好跟着我一起哭了。

陈歌就是在那一片哭声中再次走进我的病房的。

"叶细雪，"他慌里慌张地说，"叶细雪，你们怎么了？"

也许是觉得在一个孩子面前哭挺不好意思的，妈妈走到了窗台边。

陈歌说："叶细雪你不要哭了，我有好消息要告诉你。"

我抬起头来看他。

他温和地笑着说："咱们班的歌舞节目在元旦会演中拿了一等奖！是我唱的歌！"

"真的？"我说，"你唱什么歌了？"

"张学友的新歌，《天气这么热》。"

"啊？"我说，"可是现在天气那么冷。"

"总会热的啊。"他挠挠头皮说，"他们一开始不让我参加，说我的腿根本没法边跳边唱，我偏要做给他们看看，让他们心服口服！"

"你真的做到了？"我问。

"当然是真的，连伍莎莎也主动为我们伴舞呢。结果，我们打败了所有的对手，你说棒不棒？"

在这个寒冷到令人伤心的黄昏，这个消息真似一缕阳光。

"我要谢谢你啊。"他说，"要不是你，我也不会这么自信呢。"

我坐起来，把头埋在手掌心里。

"你要坚强啊。"陈歌说，"医生说你的病一定会好的，就是需要点时间。"

"你怎么知道？"我问他。

"我问过医生了。"他说，"其实我小时候也大病了一场，就连我家里人都以为我要死了，寿衣都替我买好了，可是你看，我现在不是活得好好的？就是腿有点毛病。"

他想了想后又说："唉，其实也不算是什么毛病。只要自己不在意，根本无所谓的啦。"

我抬起头朝他笑笑："你挺能说的啊。"

"可不！"他说，"说的和唱的一样好听。"

"等我出院了，你们要再为我表演一次。"我说，"我没看到真是很遗憾。"

"那当然。"他说，"专场演出，请文娱委员大人审查过目。"

　　春天快来的时候，我做完了第一次手术，伴随我走上手术台的，是全班五十二个同学为我叠的五百二十只千纸鹤。

　　那个清晨，天空又飘起了雪。不过，那雪细细的，细细的，像一首无声的歌谣在耳边响起。

　　同病房的一个老奶奶说，这应该是今年最后的一场雪了。

　　我却想起了陈歌说过的那句话，天气总是会热的。

　　我拿起一只纸鹤，微微地笑了起来。

重磅青春里的
虚拟游戏

NONEXISTENT
LOVER

The Youth Growth Series

内心平静，乖乖长大

001

"我一定可以瘦下去！我一定可以瘦下去！！我一定可以瘦下去！！"清晨起床，脸不洗头不梳，我会先对着镜子大吼三遍瘦身宣言。

这是死党雯子教我的减肥秘诀。据说是某位教育学家的高见，想要达成什么心愿，首先要给自己无穷无尽的信心。

其实我不是很相信，这样没头没脑喊叫起来，我总感觉自己像神经病。但是只要有一丁点儿的希望，我都乐意去尝试尝试。

因为自从我在体育课上跳远被别人称为"滚远"之后，我渴望减肥的心，就如小野马奔腾至千里之外，怎么也拉不回来了。

而且，最重要的是，我被选进了校篮球队的啦啦队做队员，这意味着，我可以和仰慕已久的于枫"亲密接触"了。

于枫是我们学校篮球队的主力，我真的是太喜欢他了。不过，我也没有过多的企图，只是想着，如果我变得漂亮一些，他才可能多看我一眼。

当然，这些是不可以跟雯子说的，不然她一定会笑我笑到半死。再好的朋友之间也有秘密，我并不觉得这有啥不对。

正在胡思乱想，妈妈半个头伸进我的房间："蛋白质！再不吃饭要迟到啦！"

我的妈妈胖得更有水平，做一件衣服的布料换别人可以做三件。但她一直坚决走在潮流之前，连"蛋白质"这样的新名词都能运用自如，不得不让我对她心生敬意。

尽管如此，我还是不愿步她的后尘。

我三下并两下地爬下床，动作迅速地打理自己，乖乖地喝下一杯牛奶，吃掉一个荷包蛋。再趁着老妈转身的刹那以迅雷不及掩耳之势将面包塞进书包里，擦擦嘴，上学去也！

002

　　天蓝得过分，有我喜欢但叫不出名字的鸟，斜斜地穿过天空。

　　我真庆幸，还好自己不是一只鸟，不然，像我这样的体积，一定是飞不起来的那种，早被别人关在笼子里或是烤来吃掉了。

　　我三步并作两步往前行，雯子已经在公车站台等我了。

　　见了我，雯子用挑剔的眼光将我审视一番，严肃地问道："减肥宣言喊过了？"

　　"喊过了。三声！"我老老实实地说。

　　"早饭呢，有没有少吃点？"

　　我从书包里掏出已变得皱巴巴的面包。

　　雯子接过去闻了一下，再咬了一口，然后往旁边的垃圾箱里一扔说："现在我们跑一站路再坐车，应该来得及。"

　　"好。"我前所未有地乖。

　　雯子撒开腿跑在我前面，我在后面跌跌撞撞地跟着。

天知道，我最怕的就是跑步，姿势如何是小事，关键是我只要跑上两步就喘不过气来。

好在雯子说的是一站路，她要是说两站，有可能我会当场趴下来的。路上好像已有人在好奇地看我们，又好像只是在笑我。

不过，我什么也不管了，也什么都不想管了。

要知道，为了我的减肥计划完美顺利实施，为了那帅得要命的于枫，我早就将自尊揣到口袋里啦！

我和雯子就这样一路折腾，好不容易到了学校，我已经累得背不动一个英语单词！

经过操场的时候，我左顾右盼，也没有看到那个让我渴望的影子，心里有些空落落的。

不过，转念又一想，看不到也好。

等我瘦下来，美下来，再让他认识我不是更好吗？

课间的时候，雯子晃到我面前来，颁给我一个安慰奖："不错，脸好像小了一些些哦。"

明知道不太可能，我还是笑得乐开了花。

上午的四节课，我头晕目眩。

午饭的时候，雯子戴着眼镜对我饭盒里的食物进行挑拣，别说大块的红烧肉了，就连饭盒里仅有的那点肉末，也都被她全挑了出来。

我只吃了几根青菜和几块豆腐，又喝了半碗像水一样的汤。

实在是没吃饱，我央求雯子再让我来一包方便面。

雯子摇着头说："想吃也不是不可以，不过，从现在起我辞职，不再做你的减肥顾问了。"

想想于枫，我无条件投降。

那半个月，我常常觉得暗无天日，可同时又充满期待。

当我闭着眼睛颤巍巍地跳到学校小卖部外面的磅秤上时，原以为雯子会发出一声惊天动地的呼喊："减啦！减啦！"

可是雯子的声音并不像我想象中那么的激动，她说："减倒是减了。"

"多少？"我兴奋地睁开眼。

"从六十六点五减到六十六了。"雯子叹口气，尖声大叫，"胖胖朱，你没救啦！"

我差点没晕过去。

第一轮减肥攻势，我差不多用尽全身力气，却以完全失败告终。早知道是无用功，我当初就应该把那些被雯子挑拣出来和浪费掉的肥肉全都吃掉，反正也不会瘦。

那天校篮球队有比赛，我破天荒地没去。

我有些气馁，说不出来心里有多么难过。

只有雯子一如既往地鼓励并安慰我："相信我，胖胖朱，坚持就是胜利！"

"算了，我没那个命。"我苦着脸说。

"那你怕不怕四十岁时像你老妈那样，走路都地动山摇呢？"

"废话！"

"怕不怕体育课上再被别人哄笑，笑得你头都抬不起来呢？"

"废话！废话！"

"想不想夏天的时候穿漂亮的花裙子怎么看怎么妩媚动人呢？"

"废话！废话！废话！"我都快哭了。

"那不就行了？"雯子语重心长地说，"所以，你要配合我才行嘛。"

"怎么配合？像神经病那样喊来喊去的？屁用都没有！"

"不喊了，不喊了！"

"早饭不吃饱，一天上课都没劲！"

"想吃就吃，绝不限制！"

"每天那样傻跑，晚上胳膊和腿疼得都睡不着！"

"放心放心，以后再也不用跑了。"

"啊？"我吃惊地看着雯子，"难道，你要让我吃减肥药？"

004

我没少在报纸上看到过那些减肥药的广告，那些药不仅贵得离谱，听说还吃死过人。

我可不想冒这个险！要是被我妈知道了，搞不好头都会被她拧下来！

"比药还灵！"雯子贴到我耳朵边上来说，"胖胖朱这次准行！"

"你想干吗？"我警惕地看着她。

"我要你……谈恋爱！"雯子飞快地说，"你听说过吗？为伊消得人憔悴，衣带渐宽终不悔。胖胖朱，这一次我替你设计了完美爱情三部曲，你只要到爱情的油锅里去炸它个三回，保证瘦得风一吹就倒！"

"白痴。"我对她简直忍无可忍。

"爱试不试！"她拉下脸来，"对！我确实是白痴！我天天早上跟着人家一起跑步，中午跟人家一起吃青菜，零食放在书包里都不敢拿出来吃，跳远的时候你被别人笑，是我冲

185 ·

上去跟人家打架。我都是为了谁啊？我真是白痴！"

零子说的这些，桩桩件件我都记得清清楚楚，她是真的对我好。

我眼圈红了，搂住她说："对不起，是我白痴。"

"算了。"她挺大度，"只要你听我的，我就开心了，别让我整天白忙活。"

"那你说吧。你想怎么着？"

"你傻呀！你不是一直喜欢高三的于枫吗？现在你又进入啦啦队了，正好，你就趁着这个机会跟他'亲密接触'一回！然后天天相思，一定会瘦！"

到底是死党，被零子猜中心事时，我还怪不好意思的。

"其实我也不是喜欢于枫啦，我想，我只是喜欢看他打球而已。"我赶紧狡辩。

"安啦。"零子安慰我，"只要你听我的，保证没错。不过是一场游戏呀，爱情游戏找对了对手，想不瘦也难哦。"

我刮她的鼻子，这样的话亏她说得出口！

但我喜欢她的安排，因为，我从初一起就喜欢上于枫了，只是还没有机会跟他说过一句话。

我觉得这样也挺刺激的。

终于又等到比赛。

这场比赛是我们学校对战九中。

于枫发挥极佳，一人揽了一半的进球，每一个都是那么的精彩绝伦。

比赛过程中，我的眼睛一直盯着他的身影，嗓子也因为持续的尖叫而发干。

比赛结束后，雯子拖着我就朝于枫面前跑去，一边跑一边在我耳边说："胖胖朱，加油，别怕！"

不过，跑到于枫面前时，还是雯子先开的口，因为她捅了我半天，我也没反应。

"于枫，于枫！"雯子说，"你的球打得棒极了，你给胖胖朱签个名吧。"

我慌里慌张地拿出事先准备好的本子。

"你叫胖胖朱啊，"于枫把手里的篮球往地上一扣，脚一踩说，"可爱的小胖子，我可不是明星啊！"

"可是，你在胖胖朱的眼里比明星还要明星，比 F4 还要 F4 啊！她仰慕你很久啦！"雯子真是语不惊人死不休，我不好多说什么，只是呆呆地拿着我的笔和签名本。

于枫爽朗地笑了笑，接过我的本子，大笔一挥，龙飞凤舞地签下了他的大名，然后跟我们说再见。

他离开时，我还有些懵，觉得像在做梦一样。

我觉得他把球踩在脚下的样子挺帅，用嘴咬笔杆的样子也挺帅。

还有，我觉得自己突然变得很花痴。

"这就对了。"雯子喋喋不休，"到了晚上呢，你就躺在床上，什么也别干，就拼命地想他，想他，最好想到睡不着。胖胖朱，我告诉你，如果你能想他想到连第二天早饭都吃不下，那就是最好的效果了。"

"雯子，"我说，"我总觉得哪里不对劲呢。"

"你不要怕啊，这不过是一场虚拟的恋爱罢了，只要他帮你达到减肥的效果就行了，你又不会真的损失什么。"雯子安慰我。

虚拟恋爱？

雯子真有一套。

也不知道是不是雯子的嘴开过光。

那天晚上，我躺在床上激动不已，竟然真的开始拼命地想于枫。

我终于有机会能跟他说上那么一句话了，而且，当我走近他时，才发现，其实于枫一点架子也没有。

他叫我什么来着？

哦，对，他叫我"可爱的小胖子"。

唯一遗憾的是，我没有因为想他而失眠，相反，我睡得香甜至极。

更糟糕的是，第二天一早，我吃得比任何时候都多，连老爸的那份牛奶也一起喝掉了。

当然，我可没敢把这些细节告诉雯子。这要是让她知道了，没准儿她会原地爆炸。

我最佩服雯子的是，她似乎有着通天的本领，她居然弄来了于枫的手机号码！

雯子神神秘秘地把写着于枫号码的纸条推到我面前："只要不上课，他都开着机。"

"我可不要给他打电话！"我怯怯地说，"要打你打。"

"谁让你打电话了？"雯子白我一眼，"发短信息呀。现在最酷的就是发短信息。"

"手机呢，我借给你，我从我叔叔那里拿了一台。"说完，雯子跟变戏法一样，从书包里掏出一台手机来，外观很漂亮，是诺基亚的最新款。

雯子有个大款叔叔。我还记得，雯子过生日的时候，她叔叔给她送了一个十五层的蛋糕，还请了我们班一半的同学到昂贵的西餐厅去吃自助餐。

我可没有雯子那个福气。

不过，雯子可没有娇小姐的那些脾性，相反，她是真的对我很好。

我和雯子从小学时就是同班同学。刚进初中的时候，我被同桌刘东欺负了，雯子当场掀翻了刘东的桌子，还不解气，又反手给了刘东一耳光，声音响亮极了。

为此，雯子被罚站了一个上午也没吭一声。

真是够朋友！

所以，很多时候我对雯子有些盲从。

在军师雯子的指示下，我开始给于枫发短信息。信息的内容，雯子早都给我准备好了。据雯子说，打印在纸上的那些语录，都是她从网上下载的经典，条条都非常搞笑。

雯子说："安啦！你就放心大胆地发！我保证于枫肯定会感兴趣！"我看着雯子为我准备的那张纸上的内容，目光停留在第一条。

公鸡母鸡是夫妻，整天忙着孵小鸡。小鸡头脑有问题，不吃不喝不休息。公鸡母鸡看小鸡，傻帽小鸡没注意，正在偷偷看手机。

第二条的内容更逗乐。

五百年前，你是我家的长工。那天，我在窗口偷看你砍柴的姿势就喜欢上你，你可别怪我当时没有告诉你！因为那时没有短信息！

看到第三条的时候，我已经笑断气了。

你绝情地一闪而过令我顿时迷失自我，望着你的背影真想把你留住。但我沉浸在你令我今生难忘的一刹那，我告诉自己不能让你走，我声嘶力竭地喊道：抓贼啊！

……

试想，收到这些搞笑的短信，谁能沉得住气？果然，中午吃饭的时候，我们就收到了于枫的一条回复："你蛮有趣的哦。你是谁啊？"

我和雯子商量了一下，回过去的话是："别问我是谁，我是你最熟悉的陌生人。"于枫好像更感兴趣了："掀起了你的盖头来！"

"不掀不掀就不掀，妈妈没回来，谁来也不掀！"我和雯子在食堂外嘻嘻哈哈有商有量地和于枫一来一回地对阵，搞得大家都盯着我们看。我们赶紧把手机揣好，跑到角落里继续跟于枫聊天。

于枫很快又回复了："我知道你是谁，放学后我在天天星期五等你。一定要来！"

808

天天星期五，我们学校门口一间很有名的漫画书吧，里面有很多好看的漫画书，还有很漂亮的竹椅子。

书吧的老板是个漂亮的大姐姐，出了名的为人和气。就算你到了书吧，一本书都不买，也可以坐那里看一天，并且不收钱。

"把握机会！"雯子给我打气，"胖胖朱，这下就看你的了！一定要给他留下深刻的印象！"

其实，对我来说，印象不印象的并不是很重要。但是，有了借口和机会跟自己欣赏的人接触，总不能算是一件坏事吧？

而且，要是真能像雯子说的那样，可以因此达到减肥的效果，那就真的是一举两得了！

偏偏那天老师留堂，等我们赶到天天星期五的时候，于枫正背着书包从里面走出来，看样子是要走了。

雯子拽着我急急往前冲，一下子拦住了他的自行车。

"嘿！"于枫说，"怎么又是你们两个冒冒失失的小鬼！"

"抗议！"我说，"谁是小鬼啊。"

"抗议有效！"于枫笑呵呵地说，"你叫胖胖朱对吧。"

原来他记得我的名字！我的脸唰地红了起来。

雯子叽叽喳喳地说："对啊，对啊，她叫胖胖朱，你记性真好啊。胖胖朱是我们班最可爱的女生哦。"

"哈哈。"于枫笑起来，"现在的初中女生挺逗的。"

"你是等人吧。"雯子朝里望望说，"我赌你没等到哦。"

"哈哈哈。"于枫笑得更厉害了，"走喽，不跟你们说喽。"

他骑车的样子也好帅，长腿一蹬，轻轻一踩就走了老远。我都看呆了。雯子笑嘻嘻地说："看出来没有，他那双鞋是阿迪达斯的！"

我瞄了一眼雯子："你可不能再减了，你本来就像猴子。"

雯子听懂了，像猴一样蹿起来扁我，我躲都躲不及，身上挨了无数重拳。雯子这才消气，说："好心没好报！"接着，雯子又提醒我："手机拿好了，晚上记得接着发发发！发到他头昏为止。"

009

做完功课，我掏出手机，悄悄打开。

没想到，刚开机就收到于枫的短信："为什么不来？我很失望。"

我也略略有点失望，原来，于枫心里真的有喜欢的女生，只是不知道会是谁。

不过，反正永远也不会是我。

我呆头呆脑地看那条信息看了很久，感觉到他好像很伤心的样子，于是我赶紧回他："对不起，今天老师留堂。"

他很快就回了我："我们还是永远的朋友吗？"

我想了想，回过去两个字："当然。"

"我很高兴，谢谢你。"

不知道为什么，我忽然觉得雯子的游戏一点意思也没有。于枫这样子跟我对话，仅仅是因为，他把我当成了别人而已。

我删掉那些信息，再次关了机。

躺在床上，我有些忧伤地想，我这么胖，这么丑，又这么小，要是他知道跟他发短信的是我，一定会气得当场倒下来。

我和于枫之间，根本隔着宇宙黑洞，永远也走不到一条线上。

第二天，我没有告诉雯子这些，于是雯子便不知情，兴冲冲地问我进展，我说："我给他发了两条，他都没有回。"

"帅哥就是酷。"雯子说，"你挺伤心的吧，不过这就对了，一伤心就容易瘦了。"

我白她一眼，没说话。

晚上的时候，我又忍不住开了机。

这一次，还是于枫的信息先来："原来你不是她，你究竟是谁？"

"我是谁重要吗？"

"呵，好像也不重要。我只是感觉你跟她很像。"

"你很喜欢她吗？"

"是啊。"

……

那晚我和于枫一来一去发了 N 条信息，在他发我回之间，我得以知道了他的故事。

于枫喜欢上一个美丽的女孩，他们曾经是很好的朋友。

那个女孩经常会给他发一些搞笑的短信，可是，自从他说了一些不该说的话、做了一些不该做的事情后，女孩就永远地离开了他。

一个蛮老套的故事，于枫用短信跟我讲了差不多有两个小时的时间才讲完。

结束后，我用我仅有的爱情智商将它拼凑完整，刻骨铭心的是于枫的最后两条信息。

一条是：年轻的时候，谁也不可以游戏爱情。

还有一条，则是：谢谢你陪我聊天，我现在快乐多了。

天上的星星没心没肺地看着我，一点也不懂得我一夜长大的忧伤。

010

　　我把手机归还给雯子。当我告诉她我再也不想减肥了的时候，雯子不解地看着我。

　　我坚定地说："不减了、不减了，是怎么样就怎么样吧。"

　　她说："那于枫……"

　　"别提了，"我说，"人家都要高考了，别捉弄人家。"

　　谢谢我亲爱的雯子，她没有再深问下去。

　　我一点也没瘦，大家依然叫我胖胖朱，依然在体育课上被我的洋相笑得喘不过气。

　　偶尔，我还是会在校园里看到于枫。

　　他就要高考了，很少打球了，可是照样穿着运动服和球鞋，一如往日帅得人睁不开眼。

　　只是我内心平静，一天一天，乖乖地长大。

七个寂寞的
日子

SEVEN

LONELY DAYS

The Youth Growth Series

七个寂寞的夜晚
堆积成一个寂寞的我

001

季郁从我家做客出来后就一直神经质地讲:"没见过这么漂亮的妈妈,没见过这么漂亮的妈妈,没见过这么漂亮的妈妈……"

直到我一巴掌打到她的后脑勺上,她才住嘴。

季郁看着我,气哼哼地说:"你怎么一点也不淑女,你看看你妈妈……"接着又叹息:"雅姿,你真是让人羡慕。"

就这么一会儿时间,她已经为我妈妈着魔。

妈妈是美女,这我打小就知道。所有的人看妈妈的眼光都不一样,但他们总会用满是疑惑的眼神看着我:"啊?这是你女儿吗?都这么大了?"

妈妈为我取名"雅姿",可我自一出生,就注定让妈妈"失望"。

我并没有继承妈妈的容貌,万分之一都没有,小眼睛小鼻子,脸上前赴后继地冒"豆子"。

总之,妈妈所有的一切,我都没有。

我时常猜想，她一直不太喜欢我，而我对她也有一种说不出的畏惧。我们母女之间，跟很多很多的母女之间是不同的。

　　比如季郁，她可以揽着她妈妈的肩，或者直接挂在她妈妈的脖子上恶狠狠地说："美人，我相中了一个漂亮的布包，你快点给我一百大洋，不然我扁你！"

　　可是我不能。

　　我和妈妈之间，永远都是那么客客气气的。

　　她从不骂我，关心也是淡淡的，甚至连我的家长会，她都从来不参加。每次家长会都是外婆去，外婆倒是很热衷于参加我的家长会，因为每次去必得老师的大力表扬："雅姿同学可谓全班的楷模……"

　　季郁还在唠唠叨叨："你妈妈用什么化妆品？"

　　"美宝莲？"我说，其实我并不能肯定。妈妈并没有一大堆的化妆品，我常常见她用清水洗脸，随身带一瓶普通的面霜。

　　"看来，美人是天生的。"季郁总结道。末了，她看我一眼，饶有兴趣地说："雅姿，冒着被你打死的危险，我想问你一个问题，好吗？"

　　无须提问，我都知道她想要问什么，于是我主动交代："我是没有爸爸的。"

"什么叫没有爸爸？"季郁扑哧笑了，"难不成，你是试管婴儿？"

　　"有时候我也这么想。"我把手搭到季郁的肩上，看着天。

　　"你妈妈难道从来都不在你面前提起你爸爸吗？像她那样的女人，一定经历过轰轰烈烈的爱情才对，我猜得没有错吧？"

　　"不知道。"我摇头。

　　不是不愿回答，是我真的不知道。

我对妈妈知之甚少。

妈妈对我而言，像是一个谜，这是我内心的隐痛。

我不是没有试图走近过她，但那都是在小时候。

小时候，我尝尝会佯装跌倒或者佯装头疼，目的简单，只想以此吸引她的关注。而通常，此举奏效，她会把我抱到怀里，问我："小姿，有事没有？"

我回答："没事。"

她身上淡淡的香气令我留恋。

长大后，我开始有了一些奇怪的自尊，我慢慢习惯与她之间的客气和疏离。

后来，我读了一些小说，开始学会猜想。

比如，我的父亲不好看。

又或是，我的父亲在感情上欺骗了她。

再不然，就是妈妈年轻时，因为赌气才嫁给了我父亲，她并不爱这个男人，两人分手后，她却又不得不生下我……

这些怪想法，让我越来越郁闷，好在有外婆。

外婆是非常疼我的，她总是夸我争气，比妈妈小时候懂事。

外婆说，妈妈十四岁的时候，就有男生追到家门口赖着不走。妈妈见状，就用家里洗衣服的脏水泼得人家全身湿透，然后拿着水盆面无表情地关上门。

"女孩子就要像小姿这样！"外婆搂着我说。

妈妈从事服装设计行业，在全国小有名气。

平日里她工作总是很忙，有很多应酬。不过，在生活上，她从不亏待我。

与身边的同学相比，我不但有足够多的零花钱，还有足够多的漂亮的衣服。

但是，这些都不是我稀罕的。

我稀罕的是，周末的时候和她一起吃顿饭，我们两个人有一句没一句地聊聊天，哪怕说说天气也好。

季郁不理解这些，她羡慕我的衣服款式总是与众不同，羡慕我有个容貌如电影明星一样的妈妈。

不过，我理解季郁。

人都这样，对于自己很容易就拥有的东西，从来不太懂得在乎。

周末的时候，我还有一件重要的事，就是去看望外公外婆。

我身负任务，妈妈叮嘱我，不要忘了给他们送一些生活费和日用品。

我自然没忘，妈妈每周都会提前买好那些日用品，就放在我们家客厅的茶几上，如此显眼，我自然不会看不见。

我提着东西站在门外，腾出一只手来按门铃。我按了很久的门铃，过了好一会儿，外公才开了门，探出一个脑袋来。

我走进去，将提着的日用品放在玄关的长桌上，再朝里一望，果不其然，外婆又召集了几位牌友，此刻正在偏厅里打麻将。

外公和往日一样，乐呵呵的，他拖我去阳台。阳台上挂着一个鸟笼，里面是他刚买回的小鸟。

"好贵。"外公指着那两只红嘴的鸟儿说，"不过，因为喜欢，被别人宰也快活！"

我外公是个奇人，他有一套属于自己的快活理论，所以，他总是乐呵呵的。

我觉得奇怪，妈妈是他的女儿，可是性格一点儿也不像他。

妈妈的身上有一种说不出来的忧郁，我从没见过她大笑，她是那样波澜不惊的一个人。

就仿佛，这世上，从来没有什么可以让她动心、动容。

因为口渴，我想倒杯水喝。

人还没走到客厅的时候，我就很清晰地听到一个老太太的声音："阿宝到底怎么想的？找个比自己小十岁的男人！她怎么着也该为雅姿想想啊。"

外婆叹口气："她也吃了这么多年苦了，随她去吧。"

我愣在那里，如站在云端，腿已经完全失去力气。

阿宝是我妈妈。

呵，这一天终于来到。

如果妈妈再嫁人，我会更加寂寞。

这是我小时候最害怕的事。

可惜，就在我差不多要忘却这种恐惧的时候，它来了。

004

我心事重重，漫无目的地在街上逛了两个多小时。

回到家里时，才发现妈妈已经回来了。

妈妈坐在客厅的沙发上，手里拿着一把花艺剪刀，熟练地将花梗斜着剪了一刀，然后将它插入花瓶中。

厨房里，钟点工正在做饭，香气扑鼻而来。

妈妈从来不做饭，她的身上也从来都没有油烟味。

她身上穿的是一件新旗袍，应该是她自己设计的新作品，婀娜的身姿令人羡慕。

她今天的心情好像很不错，听到我进门，头也不抬地说："来，小姿，看看妈妈买的新花瓶。"

"你的新旗袍比较好看。"我说。

"是吗？"她微笑，"对了，小姿，妈妈有话想同你讲。"

我等着她开口。

意料之外的是，她说的却是另一件事："你不是马上就要中考了吗，想不想去念省一中？"

省一中是我们省最好的学校，也是出了名的"贵族学校"。我一早就听说过，要进这所学校，除了成绩要好，还要花不少的钱。

"没必要吧。"我对妈妈说，"我们学校也是全省重点，而且我可以直升的。"

"是吗？"妈妈扬眉，似乎不确信一般，又问，"难道不用考？"

"我们老师是这么说的。"我回答她，"我每年都第一，可以免考直升。"

"啊，我知道，我们小姿念书厉害。"妈妈说，"不过，小姿，省一中可是全省数一数二的中学，我好不容易才打通了关系。你真不考虑一下？"

我点头。

妈妈没再说什么，拿着剪刀继续她手头的事情。

第二天，我跟季郁说起了这件事。

季郁听后，一声惊呼："省一中是封闭式的，一周只放半天假，到那里读书跟坐牢没区别。小姿，你成绩这么好，没必要的啦！"

我好像忽然明白了些什么。

为此，我郁闷了一整天。

回到家里，妈妈破天荒没出门，而是坐在沙发上看电视，真是难得如此清闲。

见我进门，她说："冰箱里有新买的饮料，你去拿来喝。"

我打开一罐酷儿，在"砰"的一声后，咬咬牙对妈妈说："我决定去考省一中。"

她颔首微笑。

"我做作业去了。"说完，我拎着书包进了自己的房间，在关上门的一刹那，才默默地流下了眼泪。

她不爱我。

这么多年，我终于敢对自己承认，她不爱我。

没过多少天，班主任把学校的直升表递给我，班主任说："雅姿，赶快把这个填了，填完后记得给老师。"

我低着头，没敢与班主任对视，低声说："老师，我可能要考省一中，他们有个提前招生的班，我已经报了名。"

班主任有些吃惊地说："是吗？省一中不见得比我们学校好呀！雅姿，如果你留在咱们学校，肯定是在重点班，还会重点培养。而且，这里的环境你也更熟悉，你告诉老师，为什么要换？"

"还不一定考得上呢。"我说，"一千个学生，录取名额只有五十。"

"就是呀，咱们学校的直升名额也有限。"班主任语重心长地说，"还有就是，雅姿，老师必须告诉你，如果你现在放弃学校直升，好，老师理解，但是，你想没想过，万一你没考上省一中，到时候就得参加中考。这样吧，你好好想想，也回去跟你妈妈再商量商量。"

说完，班主任把表格放在我桌上，转身离开了。

"多少人对这张表梦寐以求啊！"季郁装出流口水的样儿说，"要是可以买这张表，倾家荡产我也愿意。"

"给你。"我顺手抄起表格，直接塞给她。

季郁却直往后躲，呵呵笑着："给我也是白给，我看你还是填了算了，填完了，你就可以背着书包离开学校提前放假啦，不知道有多快活哦。"

　　我的心挣扎得很厉害。

就是那一天，放学后，我在我家楼下见到了他。

那是我第一次见他。

端详一番后，我发现，他比我想象中要成熟一些，开了辆宝马，站在我家楼下等我妈妈下来。

三个人，就这么毫无预料地面对面撞上了。

我是在那个时候才明白，大人之所以是大人，可能就是因为，无论在任何场合，他们的应变能力总是极强。

不像小孩，任何一点风吹草动，全都挂在脸上。

无处可藏。

妈妈神情自若，同我介绍："小姿，这是刘叔叔。"

我点点头。

"这就是小姿？"他睁着眼睛说瞎话，"阿宝，你女儿跟你一样的漂亮呢。"

"睁着眼睛说瞎话。"我说。

他哈哈大笑，妈妈拍拍我的头，嗔怪地说："这孩子一点礼貌也没有。"

"走啊,小姿。一起去吃饭?"他不生气,反而向我发出邀请。

妈妈不说话。

"不去了,作业好多。"说完,我飞速地朝楼上冲去。

进了家门,我透过窗子朝楼下望去,他开了车门,待妈妈进去后,他才进了驾驶位,然后启动车子缓缓离开了。

不知道为什么,我觉得这个人也不是那么讨厌。

恋爱是要花时间和精力的,妈妈在家的时间开始变得越来越少,我常常一整天都看不到她。

有时候,我在梦里神游的时候,却隐隐有一种感觉,妈妈似乎就立在我的床头,还发出了一声轻微的叹息。

这是一个我从小到大就有的梦境,只有一次醒过来后,我才发现,这竟然不是梦。

我看到妈妈穿着睡衣关门而去的身影。

那声叹息,应该是真的。

我是妈妈的负累。

我已长大。

我必须离开。

那段时间，我不敢有半点松懈，每天都鼓起精神认真温书，只为了能顺利对付省一中的提前招考。

外婆得空的时候，常常到家里来煲汤给我喝，她还给我买了漂亮的大包，说是将来住校可以用得上。

妈妈拎着那包，皱着眉说："妈，你什么眼光，这包真难看！再说了，我听说省一中也可以不用住校的，我是想让小姿去省一中，可目的不是想让她住校。"

"不用的。"我把包拿过来说，"其实住校也挺有意思的。我还没试过呢。"

说真的，连我自己都不知道，我和妈妈，到底谁更虚伪。

以我的成绩，考上省一中，原本应该问题不大。然而，谁也没想到的是，就在考试的前一天，我病倒了，高烧差不多有四十摄氏度。

妈妈回家的时候，我已经烧得神志不清了，正躺在沙发上说胡话。

我说："妈妈，我可能要死了。"

妈妈抱抱我说："小姿，你别瞎说，妈妈这就送你去医院。"

"我真的要死了。"我说。

妈妈挥手就给了我一耳光。我烧得神志不清，但那一瞬，我清醒至极。我在和妈妈的疏离与客套中长到这个年纪，这还是她头一次打我，下手是如此的重。

再接着，我昏了过去。

第二天醒来，我头痛欲裂，发现自己躺在医院的病床上。

姓刘的男人在床边陪我，见我睁开眼便对我说："你妈妈单位有点事，她去一下，待会儿买了早点就回来。"

"几点了？"我问他。

"六点半。"他看一下手腕上的腕表，回答我。

"你开车来的吗？送我回家拿准考证吧，我今天要考试。"

"有什么能比身体更重要？"他说，"先把病养好再说。"

我不理他，一把扯掉了手上的吊针，从床上爬了起来就往外走。他拦住我："小姿，你不要这么任性啊，会被妈妈骂的。"

"你不送我也没事，我可以自己打车。"我摊开手说，"借我二十块钱不算过分吧？"

"你这孩子！"他连连摇头，最后，无奈地说，"好吧好吧，我送你。"

　　回家的路上，他一直不停地给妈妈打电话，可是妈妈的电话打不通。

　　回到家里后，他逼着我喝了一杯热牛奶，又替我做了个煎蛋，而我一点食欲都没有，于是顺手把碟子推到了一边。

　　他不放心地说："小姿，不行就不要硬撑。"

　　我不出声。

　　他却忽然笑了："我小时候也是这样的脾气，一根筋。"

　　然后他没再说什么，开车将我送到了考场。

　　下车的时候，他拉住我说："好好考，我相信你一定行，我在这里等你出来。"

　　可是我没有考完试，我答到一半的时候在考场里晕倒了。

　　醒来的时候，我发现自己又回到了病房，依然躺在那张泛着消毒水气味的病床上，头顶是白到泛光的墙。

　　我听到妈妈很激动的声音："小姿病成这样，怎么可以去考试？她要是有个什么三长两短，你心何安？"

记忆里，妈妈从来没有为了我这么激动过。

"是是是，是我不好。"他说，"都怪我，是我没考虑周全。"

他是个君子，并没跟妈妈提是我执意要去。

"你走吧。"妈妈说，"我再也不要见到你！"

我把眼睛闭起来，努力把眼泪逼回去。

我得了急性肺炎，在医院里躺了一个星期才出院。

出院那天，季郁到我家来看我，在我房间里低声笑着说："你妈妈真是漂亮哦，真是漂亮哦，越看越漂亮哦。"

"她要结婚了。"我的体力还没恢复，躺在床上有气无力地说。

"嘿，雅姿，"季郁说，"我猜，你就是因为这个才病倒的吧？因为不想妈妈结婚，所以生一场病来表示反对。"

"乱讲！"我打她。

"这叫潜意识病症。"季郁越讲越离谱，"我在心理学书上看到的。"

妈妈变了，她开始不再像从前那样总是回来那么晚。

而我也很想知道，后来，她和那个姓刘的男人到底怎么样了。

有好几次，我都想要告诉她，其实那天的事情不应该全怪刘叔叔，但我不是君子，甚至有些自私，我一直没讲。

那天夜里，我又做梦了。

我又梦见妈妈立在我的床边，我又听到了那声轻微的叹息。

我在这声叹息中睁开眼，抓住了她的手臂。

是真的，真的是妈妈。

妈妈见我醒了，俯下身来，摸摸我的脸颊："小姿，还疼不疼？"

"不疼。"我说。

"我一直记得那天，你爸爸啊，他在去医院的路上对我说，他说他可能要死了。结果，他就真的死了。他得的是家族的遗传病，没有药可治。我不怪他没有跟我结婚，可他倒好，连再见都没跟我说一声就撒手去了。小姿，是我执意生下了你，其实，妈妈吃过很多的苦……不过，妈妈很高兴，能有你这么懂事的女儿。"

"妈妈。"我爬起来，紧紧地拥抱她。

那一刻，我在心中暗暗发誓，我绝不会让妈妈失望，永远不会。

我终于恢复健康，准备回学校备战中考。

没想到，班主任告诉我："雅姿，那个直升名额我还给你留着呢。"

我有些不解。

班主任看我一眼，轻轻一笑："直升名额这么重要的事情，还是宁缺毋滥的好，所以我才没有给别人。"说着，她将表格递了过来："喏，赶快填了给我，待会儿我拿去教导处盖个章就行了。然后，你就可以回家继续休息了。"

那天下午，我回到家里时，发现妈妈竟然很有闲情地在家听音乐。她的电话就放在外面的茶几上，一声一声地响，可是她并不接。

透过虚掩的房门，我隐约听到了妈妈在听的那首英文歌。

Seven lonely days make one lonely week.
Seven lonely nights make one lonely me.
......

我没听过那首歌，但歌词的大意我听得懂。

"七个寂寞的日子，堆积成一个寂寞的礼拜；七个寂寞的夜晚，堆积成一个寂寞的我。"

妈妈坐在房间的摇椅上，闭着眼睛在听。

阳光照在她美丽的容颜上，那样的寂寞，让我心碎至极。

这是我第一次读懂妈妈的寂寞。

我手里的电话还在响，可是妈妈还是没听见，她已深深沉醉在那首歌里。

Ever since the time you told me we were through,

Seven lonely days, I cried and cried for you.

......

"我的爱人，自从你离去，七个寂寞的日子，我为你哭了又哭，哭了又哭。"

透过这句歌词，我想，我明白了妈妈为何忧伤。

我把电话接了起来，竟然是刘叔叔。

他不知道接电话的人是我，电话接通后，我听到他深情地说："阿宝，真的，请你放心，我会和你一样疼小姿，我保证。"

我没说话，而是打开了电话的免提，让他听妈妈正在听的那首歌。

然后，我对着电话说："刘叔叔，兴许你现在可以过来，陪我妈妈跳支舞。"

至于我?

今天周末，去陪外婆搓搓麻将也不错。

页 行 文 化
YEXING CULTURE